높은음자리로
그리는
행복한 세상

높은음자리로
그리는
행복한 세상

초판 1쇄 인쇄　2011년 03월 11일
초판 1쇄 발행　2011년 03월 18일

지은이 | 김귀자
펴낸이 | 손형국
펴낸곳 | (주)에세이퍼블리싱
출판등록 | 2004. 12. 1(제315-2008-022호)
주소 | 서울특별시 강서구 방화3동 316-3 한국계량계측회관 102호
홈페이지 | www.book.co.kr
전화번호 | (02)3159-9638~40
팩스 | (02)3159-9637

ISBN 978-89-6023-557-1　03810

높은음자리로 그리는 행복한 세상

김귀자 글

머리말

우리나라 교육에서 최고의 화두는 경쟁력이다. 경쟁력 있는 학교, 경쟁력 있는 학생이 교육의 목표이다. 그리하여 모든 것을 경쟁에 집중한다. 그러나 진정한 경쟁력은 경쟁을 시켜서 얻을 수 있는 것이 아니라 서로 협동하고 조화를 이룰 때 가능하다. 음악에 있어서도 각자의 목소리, 각 악기의 독특한 소리가 제 소리를 내면서 전체적으로 서로 조화를 이룰 때 최고의 소리가 탄생되는 것이다.

'노래를 듣거나 노래를 부르면 생명이 있는 모든 것은 건강해 진다!'고 소리 진동 연구가들은 주장하고 있다. 즉 음악은 생명의 에너지인 셈이다.

최근 경남교육청의 2011학년도의 교육시책인 '노래하는 학교'는 평소 내가 꿈꾸던 학교의 모습이다. 서로를 도와 win-win이 될 수 있도록 음악 프로그램을 진행한다면 아이들은 음악을 통하여 행복한 학교생활을 할 수 있게 될 것이다.

하지만 학교마다의 특색이 다르고 한 해 한 해 달라지는 학생들을 바라보면서 그들이 공감하는 수업을 이끌어내는 것이 쉽지가 않다. 대중음악에 젖어 이어폰을 귀에서 빼지 않는 아이들을 어떤 방법으로 지도해야 할까? 어떻게 하면 학생들 각자의 소질을 발견하고 상상력과 창의력을 계발할 수 있을까? 학교생활이 좀 더 즐겁고 행복해서 가고 싶은 학교가 되게 하는 방법은 과연 무엇일까? 동료 학생이 단지 점수 경쟁 상대가 아닌 삶의 동반자로서 공통의 목표를 위해 협력하게 될 수 있는 방법은 무엇일까?

끊임없는 질문들이 이어진다. 그동안 음악수행평가와 합창지도를 통한 내 나름의 행복과 감동 프로그램을 진행해오면서 수많은 좌절과 기쁨들을 맛보았다. 그 과정에서 많은 감동들을 얻게 되었다. 이 책은 그 체험에 대한 기록물이다. 아직도 뚜렷한 해답을 찾은 것은 아니지만 수업에 대한 '열정'과 학생에 대한 '사랑'으로 끊임없는 시행착오를 하다 보면 조금은 더 즐겁고 행복한 음악 수업을 할 수 있을 것이라 기대해본다.

창원에서 김귀자

차 례

3장

합창 인생

4장

효과적인 합창지도의 KNOW HOW

Harmony

1장

교단일기

높은음자리로
그리는
행복한 세상

좌충우돌 초임지

N중학교로 발령이 떨어진 후 보따리를 싸 부모님과 함께 경북으로 향하는 버스에 올랐다. 처음으로 집과 떨어져 있게 된지라 낯선 곳에 대한 두려움이 반이었는데 차창 밖으로 끊임없이 펼쳐지는 아름다운 풍광에 그만 마음을 빼앗겨 버렸다. 부모님께서도 이토록 아름다운 바닷가 근처에서 근무를 하게 되었다는 것이 기쁘신지 감탄사를 연발하셨다. 마침내 목적지에 도착한 우리는 버스 정류장 근처에 살고 있었던 N중학교 아이들의 도움을 받았다.

"안녕하십니껴?"

"애들아, 안녕? 반갑다."

갑자기 가방을 들어주겠다고 끌어당긴다.

"무겁지?"

"아니더, 억수로 헤깝니더."

억센 말투가 꼭 반말처럼 들려왔다.

자췻집에 도착하자 해가 뉘엿 넘어간다. 가방만 덜렁 내려놓고서 부모님은 차 시간을 놓치지 않기 위해 종종걸음으로 떠나 버리셨다. 난생 처음 집을 떠나와 낯선 곳에서 그것도 선생님의 신분으로서 첫날밤을

뜬 눈으로 지새웠다.

아침에 눈을 떠 밖으로 나와 보니 앞에는 산이 있고 뒤에는 해수욕장이 가로놓여 있어 아름답기 그지없었다. 학교로 찾아가는 길은 별로 어렵지 않았다. 국도 옆에 자그마한 중학교가 보였다. 나중에 알고 보니 이곳은 군사 작전지역이라 여름 한철을 제외하곤 근처에 얼씬도 하면 안 된단다. 아무리 아름다워도 산도 바다도 마음대로 드나들 수 없는 곳이었다.

교무실에 들어서니 선생님들이 모두 반갑게 맞이해주셨다. 그러나 그것도 잠시, 첫날부터 담임에다 음악은 물론 미술 수업까지 배정받았다. 1,2,3학년 모두가 겨우 7학급인 때문이었다. 내가 도저히 힘들겠다고 손사래를 치자 자신 없으면 사표를 내고 돌아가라고 하는데 기가 막혔다. 한 번도 상상해보지 못했던 순간이었다. 어떻게 여기까지 왔는데 그만둘 수 있단 말인가! 결국 해보기로 했다.

담임을 맡으면서 난 참으로 많은 아픔을 가진 아이들을 만났다.

배가 태풍에 휩쓸려 돌아오지 않는 아버지를 기다리고 있는 아이, 농약을 먹고 자살했던 어머니를 못 잊어 학교 밖을 떠돌던 아이, 매 맞는 아이, 가출한 아이, 부모가 없어 고아가 된 아이……

아름다운 영덕의 해안가를 뒤로 하고 생계와의 전쟁을 보면서 낭만이라고는 느껴볼 수 없었다. 그건 단지 외부 관광객에게나 주어지는 특권이었다. 해마다 여름의 태풍이 마을을 휩쓸고 지나고 나면 거세게 몰아치는 파도가 어느 누군가를 삼켜버렸다는 소식이 들려왔다. 그래서인지 어둠이 깔리는 바닷가 주변을 거닐 때면 바다가 부르는 소리에 괜스레 소름이 돋았다.

시작부터가 좌충우돌이었다.

아이들은 초임교사인 나의 표준말과 존댓말 사용이 무척 거슬렸는
지 영 따라주질 않았다. 마침내 교장선생님께 학급경영을 가장 못하는
선생님이라고 꾸지람까지 듣고 말았다.

아이들은 벌보다 매를 선호했다. 얼마나 맞고 자랐으면 맞는 것을
애정과 관심으로 생각한단 말인가!

학급의 반장조차 반항으로 무장을 했다. 모든 아이들이 해오는 과제
를 무슨 특권이라도 얻은 양 혼자 해오지 않아 반성문을 써오라고 했더
니 '너 자신을 헤쳐 보아라.'는 쪽지를 남기고 교문 밖으로 사라져버렸
다. 반장과의 실랑이로 시작된 3월 첫 주였지만 심리전으로 인해 결국
아이들은 내게 승복하고 말았다.

환경심사가 3월 말이라 마음이 분주하기만 했다. '폐품을 이용한 교
실꾸미기'가 우리 학교의 특색사업이다. 우리 반은 헌 달력을 이용하
여 책상 정리를 하기로 했는데 하얀 헌 달력을 바닥에 깔고 그 위에 비
닐을 입혀 압핀을 꽂는 것이었다. 하나, 둘씩 책상에 달력이 입혀지면
서 교실이 깨끗하고 환하게 변해가기 시작했다. 그런데 책상 한 개가
며칠째 떡하니 버티고 있다. 바로 민준이의 책상이었다.

"다음 주 월요일이 환경심사야. 월요일 아침까지는 꼭 해 놓아라."

"네 알겠습니다."

대답은 언제나 시원시원하다.

청소시간엔 놀고 있다가 종례를 마치고 친구들이 돌아가고 나면 청
소를 하겠다고 빗자루를 들고서 내게로 찾아오는 아이다.

그러던 민준이가 또 사고를 쳤다. 여자아이들을 울린 것이었다.

"선생님 민준이가 때렸어요."

"왜 때렸니?"

"그것은…… 그것은…….”

그러더니 또다시 뜸을 들이며 대답을 하지 않는다.

"아이고 답답해라. 말을 해봐라. 말을"

"그것은……”

"그것은?"

"바로…….”

"바로?"

"그래서…… 어서 말을 해봐."

"음, 좋아하기 때문입니다."

아뿔싸!

환경심사가 있는 월요일 아침이 되었다.

책상에 헌 달력을 입히지 못해 교무실까지 불려왔던 민준이가 의기
양양한 모습으로 들어온다.

"선생님, 저 책상에 헌 달력 입혔어요."

"정말이야?"

"네"

"가서 확인해 봐도 되는 거지?"

"네. 다했어요."

이게 웬일이지? 뭔가 미심쩍은데…….

바로 그때였다.

우리 반 여자아이들이 대거로 몰려오면서 울부짖는 것이 아닌가!

“선생님~ 선생님~ 흑흑.”

“어떻게 해요? 흑흑.”

“애들아, 무슨 일이야?”

“민준이가 제 책상에 있는 달력 빼서 지 책상에 올려놓고 우리 반 아이들 책상에 꽂아놓은 압핀을 전부 다 뽑아서 지 책상 가장자리에 줄줄이 박았어요.”

윽, 역시……. 이 일을 어찌할꼬!

보리 베기 일손 돕기가 한창일 무렵 우리 학교에서도 원농 작업에 나서게 되었다. 말썽꾸러기에 말 안 듣던 모습들은 다 어디로 간 걸까! 부모님들이 대부분 농사를 지어서인지 평소에 거친 아이들조차 보리 베기만큼은 사뭇 진지하게 오랜 시간을 잘 해내고 있는 것이다. 낫을 잡고 보리를 베는 것이 매우 익숙해 보인다. 하지만 곧 낫에 베여 상처를 입은 아이들이 나를 부르고 있다.

“선생님, 손 끊었어요.”

손이 절단된 줄 알고 놀라 달려가 보니 낫에 살짝 베여 피가 흐르고 있었다. 베인 것을 끊었다고 표현하는 아이들이다. 비상구급약 통을 들고 달려가 상처를 치료하면서 아이들에게 안전사고에 대한 주의를 몇 번이고 당부했다.

경어를 사용하면서 때리지도 못했던 도시출신 선생님인 내게 거부 반응을 일으켰던 아이들은 원농 작업 이후로 조금씩 다가오기 시작했다. 아이들과 소통하기 위해 반가를 만들기 시작했고 율동까지 섞어 노래를 가르쳤다.

찬란히 떠오르는 태양 눈부신 남정의 거리
발걸음 명랑한 소리 즐거운 등굣길
안녕하면서 인사하는 우리는 1학년 1반
서로 사랑하면서 도우는 진리의 건아들이랍니다.
아, 희망과 꿈을 가슴에 모두 안고서
오늘도 내일을 향해 씩씩한 전진하세. 야!

칠판엔 항상 '서로 사랑하라' 는 글귀를 써놓고서 하루를 시작하고 마감했으며 생일이 돌아오면 그날을 잊지 않고 한 명 한 명 찾아서 축하 카드와 선물을 나눠주었다.

아이들은 떼를 지어 자취를 하던 나의 방으로 자주 몰려와 놀았다. 학교를 파하고 집에서 청소를 하고 있는데 밖에서 왁자지껄한 아이들의 소리가 들려온다.

"선생님~ 선생님~"

문을 열어보니 한 아름의 과자와 음료수를 사들고 10여 명의 아이들이 문 앞에서 서성이고 있다. 그중에는 아이들이 자신을 보고 웃으며 놀려대는 것이 가장 싫다고 말하던 민준이도 있었다.

방안으로 들어온 아이들은 신나게 장기자랑을 하며 놀기 시작했는데 민준이는 한쪽 구석에서 굳은 얼굴을 한 채 도무지 아이들과 어울릴 생각을 하지 않고 웅크리고만 있다. 30분이 지나도 그 자리에서 꿈쩍도 하지 않는 모습에 아이들도 답답했는지 "선생님! 민준이, 오란씨 파인 선전 노래 잘하는데 한번 시켜 봐요." 한다.

"맞아요, 맞아."

"그게 정말이야? 와~ 그럼 한번 해봐라. 자, 시~작."

또 대답이 없다.

"하나, 둘, 셋, 시작."

그래도 여전히 미동도 하지 않는다.

그러기를 10분이나 했을까.

"그래? 그럼 넌 하지 마라. 다음 차례로 넘어가자."

말 떨어지기가 무섭게 민준이가 제자리에서 벌떡 일어났다. 심각한 표정을 하고 눈을 치켜뜬 채 갑자기 두 손을 높이 드는 것이다. 그리고 큰 목소리로 외치기 시작했다.

"하늘에서 별을 따다 하늘에서 달을 따다 두 손에 담아 드려요.

아름다운 날들이여, 사랑스런 눈동자여, 오, 오란씨 오란씨 오란씨 파인."

완전 열창이었다.

놀라운 일이었다.

"우와, 잘한다. 짝짝짝."

아이들도 놀랐는지 박수가 일제히 터져 나오기 시작했다.

며칠 후 체육시간, 멀리서 보니 우리 반 아이들이 행군하는 모습이 보였다.

선생님 : 우향 우

아이들 : 하나

선생님 : 좌향 좌

아이들 : 하나

선생님 : 우향 앞으로 가

아이들 : 하나

모두들 잘 가는데 민준이만 반대 방향으로 가고 있다.

하지만 예전보다 밝아진 모습이다.

우리 반에서 가장 조용하고 말없는 영희의 생일이 돌아왔다. 무슨 말을 시켜도 부끄러워하며 배시시 웃는 것이 전부였던 그 아이는 너무나 내성적이라 친구들과 잘 어울리지 못했으며 얼굴엔 늘 어두운 그림자가 따라다녔다.

아침 조례를 마치고 교무실 복도로 불러내 카드와 학용품이 담긴 선물을 건넸다.

"사랑하는 영희야, 오늘 생일이지? 축하해. 이거 받아. 오늘 하루도 즐겁고 행복하게 보내라."

이내 얼굴이 붉어지는 영희를 뒤로 하고 교무실로 돌아왔다.

수업을 하기 위해 다시 교무실 문을 열고 나오는데 복도에서 머뭇거리며 서 있는 영희를 발견했다.

"영희야, 너 여기 왜 서 있어?"

그러자 눈물을 뚝뚝 흘리기 시작한다.

"저는 지금까지 한 번도 생일 선물을 받은 적이 없어요. 오늘 선생님한테 처음 받았어요. 감사합니다."

"그래? 생일 축하해. 오늘 즐겁게 보내라."

"네."

그렇게 아이들과 많은 추억을 만들었던 초임지의 생활도 끝나가고 있었다. 중간발령이 난 것이었다. 갑작스레 찾아온 담임과의 이별을 아이들이 어떻게 받아들일 수 있었으랴! 참으로 힘든 시간이었다. 난 초임지에서의 기억들을 잊지 않기 위해 노래로 만들었다.

나의 학교

갈매기 떼 날으는 소리에 부서지는 파란물결
금빛은빛 노을 어리는 바람 모두를 사랑해
바닷가 저편에 서 있는 자그마한 나의 학교
흙먼지 속에 핀 영롱한 눈동자 진리를 안고 있네.
푸르른 내일을 기약하면서 달리는 꿈나무들
잊지 못할 추억 속에 선생님 작별을 고합니다.
바닷가 저편에 서 있는 자그마한 나의 학교
금빛은빛 노을 어리는 바람 더욱 아름다워라.

내게 벌을 받았던 반장과 우리 반 악동들이 자전거를 타고 버스 정류장까지 마지막 배웅을 나왔다. 남자 아이들이라 그런지 마지막까지 장난기가 가득해서 한결 마음이 편했다.

학교를 옮기고 몇 달이 지난 후 한 통의 편지가 도착했다. 편지에 적힌 이름을 보는 순간 가슴에 통증이 느껴졌다. 삐뚤빼뚤하고 맞춤법이 서툰 영희의 편지였던 것이다.

"선생님, 어디 있어요? 우리 선생님이 왜 거기 계세요? 빨리 돌아오세요. 나 학교 그만두고 선생님 찾으러 갈래요. 선생님이 어디에 있는지 알면 찾아갈 테니까 이 편지 받으시면 꼭~ 꼭~ 연락해 주세요. 제발 선생님이 편지를 받으셨으면 좋겠어요. 못 받으면 어떻게 하죠? 선생님~ 선생님~ 보고 싶어요. 제발 이 편지 꼭 받아보셔야 할 텐데."

눈물 자국으로 번진 편지지에 눈물이 뚝뚝 떨어졌다. 결국 답장을 하지 못했다.

잠시 스쳐 지나가는 곳으로만 생각했었던 교직. 그런데 아니었다. 아이들을 진정으로 사랑하고 기다릴 줄 아는 사람이 남아야 하는 고귀한 곳이 교직이라는 것을 첫 발령지에서 깨달았다.

무에서 유

몸집이 큰 남녀 고등학생들이라는 것을 제외하고는 학교 규모도 작았고 음악과 미술 두 과목을 모두 가르쳐야 한다는 사실이 전임 학교와 같았다. 고등학생들이라 그런지 이해가 빠르고 한결 수업하기도 쉽다. 그런데 첫 시간부터 반장이 장기 무단결석 중이다. 이유는 아무도 모른다는 것이었다. 왜 이렇게 오래 학교를 오지 않는 걸까! 무엇이 문제이지?

선생님들의 이야기를 자세히 들어보니 부모가 없어 스님이 보호자 역할을 해왔다고 하는데 공부도 잘하고 밝아서 친구들과 선생님들께도 많은 사랑을 받아 평소 학교 생활에는 전혀 문제가 없었다고 한다.

그러던 아이가 갑자기 가출이라니 왜……?

부모가 없는 아픔이 사춘기 방황을 이겨낼 수 없게 만들었나 보다. 의외로 학교엔 이렇게 불우한 환경의 아이들이 많았다. 인문계 고등학교였기에 입시를 위한 야간 자율학습까지 실시했지만 적응을 하지 못하는 아이들이 날로 늘어만 갔다.

아름다운 경치를 바라보며 살아가는 시골의 아이들이지만 아이들의 정서는 메마르기만 하다. 계절의 변화를 무덤덤하게 보내버리는 아이

들을 위해 음악수업 시간에는 계절이 바뀌는 정서를 노래로 느껴보게
하였다.

눈이 내릴 때면 '눈이 내리네', 봄이 되어 목련이 필 때면 '하얀 목
련', 여름이 되어 비가 내리면 '쉘부르의 우산'을 노래들의 사연과 함
께 가르쳤다. 또 가요, 가곡, 샹송, 팝송, 영화음악 등 가리지 않고 그때
그때 어울리는 노래들을 찾아서 음악이 주는 아름다움을 느끼게 했는
데 그러나 될 수 있으면 인생에 대한 교훈이 담겨 있거나 가사가 아름
다운 곡을 선택하려 애를 썼다.

한편 나는 한 주에 무려 4시간씩이나 음악, 미술 수업으로 만나야
하는 아이들을 어떻게 지도해야할지가 큰 걱정이었다. 고민에 고민을
거듭하다 통합하여 수업하기로 결심했다.

음악시간이 되면 무소르그스키의 '전람회의 그림'에 대한 곡을 소
개하고 감상하기도 하였으며 미술시간엔 들려준 클래식 곡에 대한 느
낌을 그림으로 그리게 하고 무엇을 그렸는지 자신의 생각을 발표하게
도 하였다.

발표시간이 되었다.

도화지를 온통 까만색으로 칠해놓은 작품이 눈에 띄어 들고 나오라
고 했다.

"무엇을 그린건가요?"

"여심입니다."

순간 교실이 웃음바다로 변했다.

도화지에 동그라미만 그린 아이도 있었다.

귀공자 같은 외모에 선생님들과 친구에게 인기 짱이었던 형진의 그

림도 있었다. 그런데 그 그림에는 뭔가 쓸쓸한 느낌이 감돈다. 떨어지는 나뭇잎들, 바람이 부는 벤치 위에는 세 사람이 앉아 있었다. 뒷면에는 '행복했었던 시절'이라 적혀 있었다. 형진이 역시 헤어진 부모님과 떨어져 있었으며 동생과 둘이 살고 있었다.

일부 소극적인 학생들도 있었으나 자신의 마음을 그림으로 표현하기 시작한 아이들은 내 수업 방식에 적극적으로 동참했다. 농촌의 멋진 풍경을 담기 위해 야외 스케치도 자주 다녔다. 다행히 큰 거부감 없이 잘 따라주는 덕분에 좀 더 과감한 수업 진행을 시도해 보기로 했다.

음악과 미술을 통합한 수업을 3시간 진행하고 나면 나머지 한 시간은 운동장에 나가서 남녀공학의 특징을 살린 이스라엘 포크댄스와 러시아 왈츠 '알렉산드로브스키'를 가르쳤다. 고교 시절 배웠던 포크댄스와 책에 나온 내용을 접목하여 누구나 쉽게 출 수 있는 안무를 짜기 시작했다.

남녀 학생들이 서로에게 인사를 하면서 시작하는 이 왈츠는 아이들에게 설렘을 주었다. 매번 달라지는 짝을 만났기에 왕따는 없었다. 1주에 한 번은 아이들의 웃음소리가 끊어지지 않고 운동장을 울리는 음악소리에 아이들은 즐거워했지만 한편으로는 학교 전체 수업에 피해를 주지 않을까 걱정이 되기도 했다.

다행히도 교장선생님께서는 그러한 나의 수업을 창의적이라고 생각하셨을 뿐 아니라 오히려 점심시간 후에 건강을 위한 체조로 전교생이 좋아하는 에어로빅을 가르치면 어떻겠냐는 제안까지 해 오셨다. 아이디어는 좋았지만 무용을 지도하실 선생님이 계시지 않았기에 속으로 불가능하다고 생각했다. 몸치였던 내가 그것을 어떻게 감당할 수 있으랴.

하지만 즐거운 학교가 되기 위해선 그것도 한 가지 방법인데 여기서 포기하면 안 될 것 같아 결국 나는 무용을 전공했던 언니를 찾아갔다. 언니는 몸치인 나를 위해 비교적 배우기가 간단한 '헤이 미키'라는 곡의 에어로빅을 가르쳐 주었다.

아이들에게 가르쳐보니 확실히 빠르다. 내가 힘들게 배워왔던 것을 아이들은 금세 마스터한다. 그런데 문제는 남학생들이다. 속으론 싫지 않으면서도 겉으론 영 쑥스러웠던지 곤혹스러워하며 잘 따라하질 않는다. 결국 교장선생님까지 조회대 앞에 나와 지켜보고 계시자 마지못해 따라하는 아이들이었지만 얼굴만큼은 미소가 한 가득이었다.

가을이 되자 아이들에게 멋진 추억을 만들어주기 위해서 교내 합창제와 반별 장기자랑을 학예제에 포함시켰으면 좋겠다는 생각을 교장선생님께 말씀드렸더니 흔쾌히 수락하셨다.

제대로 된 강당이 없어서 교실에서 할 수밖에 없었다.

아이들의 지휘와 나의 반주로 1,2학년의 합창제가 시작되었다. 교실이 좁아 운동장에서 대기하다 차례가 되면 교실로 입장하였는데 연주를 마친 반에서는 복도와 창문 밖에서 공연하는 반을 응원하였다. 각 반이 하나가 되었고 소속감이 느껴지는 감동적인 교내 합창제였다.

점심시간을 마치고 이어지는 무대는 운동장에 동그랗게 둘러앉아서 펼쳐진 학년별 장기자랑이었다. 해마다 학급이 줄어들어 한 학년이 두 반 정도밖에 되지 않다 보니 가족적인 분위기가 형성되었다.

'인디언 춤'을 준비한 1학년의 분장은 인디언의 모습 그대로였다. 검은 타이즈와 셔츠 차림에 머리에는 깃털을 꽂았고 얼굴엔 구두약으로 줄을 그어 분장을 하였다.

손에는 날카로운 창 느낌을 주기 위해 은박지를 붙인 긴 막대를 들었는데 인디언의 춤을 연상하게 하는 안무와 연출이 크게 돋보였다.

2학년들은 파트너와 함께 우아한 러시아 왈츠 '알렉산드로브스키'를 추었다. 남학생들은 흰 티셔츠에 검정 바지, 여학생들은 흰 치마에 하얀 블라우스를 입은 모습이 환상적이었다. 끝인사까지 정중하게 마치고 난 아이들의 얼굴에는 행복한 미소가 피어올랐다.

마지막은 다 함께하는 포크댄스를 추는 무대였다. 각 반별로 작은 원을 만들었고 선생님들도 아이들과 함께 손을 잡았다. 방송실에서 경쾌한 이스라엘 포크댄스의 선율이 흘러나오기 시작했고 음악에 맞추어 댄스가 시작되었다. 원이 작아졌다 커졌다 하며 돌아가는 모습이 마치 꽃과 같았다. 갈수록 열기가 뜨거워지면서 첫 학예제가 행복하게 끝이 났다. 역시 수업시간마다 연습한 보람이 있었다.

합창제를 마친 이후 경남교육청에서 열렸던 동아리 대회에 나가기 위해 10여 명의 중창단을 조직하여 연습에 들어갔다. 곡명은 사이먼 앤 가펑클의 '험한 세상에 다리가 되어' 였다. 아름다운 곡으로 멋진 무대까지 체험하고 돌아온 아이들이다.

어릴 때 아나운서가 되고 싶었던 꿈을 되살려 특별활동으로 방송반 지도교사로 자원하였는데 먼저 입단을 원하는 아이들에게는 주제를 주고 글쓰기를 시켜 선발하였다. 선발된 아이들을 데리고 가장 먼저 한 일은 동생이 방송국장으로 있었던 학교 방송국을 방문하는 일이었다.

아나운서와 엔지니어 그리고 PD를 담당하는 대학생들에게 아이들이 배울 수 있도록 트레이닝을 부탁했다. 종일 꽤나 꼼꼼하게 트레이닝을 받아서인지 자신감이 충천한 아이들은 다음 날부터 본격적인 작전

회의에 돌입했다.

프로그램은 요일별로 교내 뉴스, 클래식음악 감상, 대중음악 감상, 그리고 신청곡 받고 사연 읽어주기 등으로 정했다. 그러기 위해선 다양한 음악들이 필요했기에 난 그날부터 동네 레코드 가게를 뒤지며 열심히 테이프를 사다 날랐다.

아나운서를 맡은 아이들은 하루 전에 프로그램에 맞는 방송 멘트를 미리 작성하여 대사 연습을 하기 시작했고 시간이 흐를수록 대사의 흐름도 매끄러워졌다.

마침내 첫 방송이 시작되었다. 운동장으로 나가는 마이크 한 개가 전부였지만 PD와 엔지니어 그리고 아나운서의 역할을 맡은 아이들의 표정은 비장하기만 했다. 엔지니어가 아침방송 시그널 뮤직을 틀기 시작하자 PD의 큐 사인이 아나운서에게 떨어진다.

"명상의 오솔길~"

자연의 소리가 담긴 아름다운 음악 소리가 학교 전체에 울려 퍼지자 저만치에서 등교하는 아이들의 눈이 휘둥그레지는 모습이 창문 밖으로 보인다.

놀라움과 미소가 교차하는 등굣길. 아이들은 한층 밝은 얼굴로 입실을 하고 있다. 이어지는 '명상의 시간', 멋진 아침 시간이었다.

점심 방송인 '오후의 벤치' 엔 경쾌한 보사노바 음악으로 타이틀을 깔았다.

"딴 따라 딴딴 딴따라 딴딴"

큐 사인이 떨어지고

"오후의 벤치~" '여러분 안녕하세요?'

하며 시작되는 멘트.

갑자기 학교의 분위기가 낭만적으로 완전히 바뀌어버렸다. 특히 생일 축하 사연과 음악을 틀어주는 점심시간은 인기 대박이었고 방송반 친구들의 인기도 하늘을 치솟았다. 밖으로 돌던 아이들도 이제는 학교 안에서의 생활이 재미있어졌는지 결석이 현저하게 줄어들기 시작했다.

학년이 바뀌고 새로운 선생님들이 부임을 해오셨다. 그중 무척 쾌활하고 성격 좋은 신규 선생님이 수업을 하다 그만 비명을 지르고 교실 문을 뛰쳐나온 사건이 발생했다. 내용인즉 개구리 해부에 대한 수업 내용이 있었던 것 같다.

(한 명이 손을 번쩍 들며) "선생님, 질문 있어요."

"뭔데?"

"선생님, 개구리 좋아하세요?"

"어릴 때 늘 보고 자랐는걸."

"만질 수 있으세요?"

"그럼 만질 수 있지."

"정말요?"

그러더니 아이가 갑자기 선생님한테 개구리 한 마리를 던진 것이다. 속으로는 무척 놀랐지만 그 선생님은 아무렇지도 않은 듯 몸에 붙은 개구리를 떼어 밖으로 던져 버렸다. 개구리를 들고 선생님의 간담을 실험한 것이었다.

그런데 여기에서 끝난 것이 아니었다. 순간, 아이들이 너도 나도 할 것 없이 '와~' 소리를 지르기 시작하더니 감추어 놓은 개구리를 꺼내서 선생님께 던지는 것이었다. 순식간에 개구리 여러 마리가 선생님의 머리와 배 위로 폴짝폴짝 뛰어다녔다.

"으악" 하고 교실 밖을 뛰쳐나온 선생님. 갑작스런 소란함에 교장선생님까지 깜짝 놀라서 뛰어나오셨다.

하여튼 아이들은 어딜 가나 초임 선생님들을 다양한 방법으로 골탕 먹인다. 다른 선생님의 일이라 나도 웃었지만 만일 내가 이런 일을 당했다면……? 으, 생각만 해도 끔찍하다. 하하하.

다음 해의 늦가을 학예제가 시작되었다.

시간은 흘러 학교를 옮겨야 할 시간이 다가오고 있었다. 처음에 시작했었던 행복했던 학예제와는 달리 떠나야 하는 마음이 미안함과 안타까움으로 교차되어 가슴이 한없이 아팠다. 이윽고 교실 두 칸을 뜯어 만든 강당에 마이크 한 대를 놓고 학예제 진행이 시작되었다.

학생의 능숙한 기타 반주에 맞추어 전교생이 노래하는 시간을 가졌다. 당시 유행했던 가요 '집시여인'과 '서울 서울'을 목이 터져라 노래하거나 노래를 부르다 감정이 격해진 아이들은 눈물을 훔치기도 했다. 사실 가정에서나 학교에서나 행복을 별로 느껴보지 못한 아이들이다. 음악으로 이토록 아이들이 행복해질 수 있다는 것이 그저 놀랍기만 했다.

마침내 프로그램에 특별순서로 나의 노래를 넣었다. 인사를 하자 박수가 터져 나온다. 노래를 하는데 마이크의 소리가 나왔다 안 나왔다 하며 지직거리자 아이들이 여기저기서 킥킥대기 시작했다. 하지만 나는 웃을 수가 없었다. 왜냐하면 마지막 인사를 대신해 부르는 노래였기 때문이다.

'The Saddest Thing'

'이 세상에서 가장 슬픈 것은 사랑하는 사람에게 작별을 고하는 것
이랍니다.'

영어로 불러서 뜻은 이해하지 못했겠지만 느낌만은 전달되었는지 훗날 아이들은 내가 불렀던 이 곡을 기억하고 있었다.

온 정열을 다해 아이들과 고교 시절의 추억을 만들었던 학교였기에 내가 떠난다는 것을 알았을 때 아이들은 배신감에 돌아서 버렸다. 떠나오던 날, 인사도 제대로 하지 않는 아이들을 뒤로하고 버스를 타고 돌아오던 그날을 아직도 잊을 수가 없다. 내가 얼마나 사랑했었는지 그 아이들은 알까! 지금도 슬픔이 일어나면 난 한쪽 구석에 처박혀서 혼자서 이 노래를 중얼거리곤 한다.

전통의 M고

70년 전통을 가진 M고로 부임해왔다. 미술과 양호선생님을 제외하고 여선생님은 더 이상 보이지 않는다. 나까지 포함해서 여교사가 세 명에 불과했다. 신학기 개학식과 더불어 3월에 발령을 받은 교사를 소개하기 위해 운동장 조회가 열렸다. 아이들의 빠른 정렬 모습은 마치 사관학교 사열을 보는 듯했다.

학생회장의 "전체 열중쉬어. 차렷" 하는 구령이 떨어졌다. 구령에 맞추어 일사불란하게 움직이는 아이들.

갓 부임해 오신 선생님들이 전통 있는 학교는 뭐가 달라도 다르다는 이야기를 연발하셨다. 그러나 운동장 조회에서 보여주었던 점잖던 그들의 모습은 수업의 시작과 함께 사라져 버렸다.

첫 수업부터 할 말을 잃어버리고 말았다. 두 반이 들어가고도 남을 만한 큰 음악실이 남학생들로 꽉 차버린 것이다. 합반 수업이었다. 주에 2시간 되는 음악수업을 1,2학년 모두 해야 되니 합반 수업이 불가피하게 된 것이었다.

아이들은 물 만난 고기 같았다. 음악실에 들어서던 나를 보고 남학생 한 명이 큰소리로 "와 얼굴이 뭐 저리 크노?" 하자 음악실이 갑자기 웃음바다로 변해버렸다. 얼굴이 화끈거리기 시작했다.

아이들은 장난기가 가득한 눈빛으로 내가 반응해주길 기다리고 있었다. 하지만 더 이상의 반응은 하지 않았다. '쳇! 누구 좋으라구. 그런데 내가 정말 얼굴이 그리 큰 걸까? 아휴! 속상해.'

올해도 어김없이 하얀 목련은 교정 곳곳에서 피어나기 시작했다. 어느 화창한 봄날 교정에 목련이 피어나는 것을 보고 가르치기 시작했던 양희은의 '하얀 목련'. 노래로 계절의 흐름을 느껴보라는 의미에서 가르치기 시작하였지만 이젠 그것이 시간이 흐른 후에 반응하는 조건반사가 되었다.

신입생들은 내게서 이곡을 첫 곡으로 배우고 있다.

"노래는 일종의 멜로디로 띄우는 연기란다."

"자, 따라해 봐. 나는 가사의 주인공이다."

아이들이 여기저기서 장난기 어린 목소리로 따라 했다.

"나는 가사의 주인공이다."

"가요뿐 아니라 모든 노래는 주인공의 심정으로 불러야 한단다."

"그럼 내가 이 곡을 선창해볼 테니 어떻게 가사의 주인공이 되는지 잘 감상해봐."

"잘 부르나 못 부르나 절대 박수치지 말기. 왜냐하면 시범창이기 때문이지."

"넵, 알겠습니다. 빨리 하세요."

(눈을 지그시 감고) "하얀 목련이 필 때면~ 다시 생각나는 사람~"

나의 표정연기에 웃음을 참고 있는 아이들이 보였다. 하지만 이내 진지해졌다.

"봄비 내린 거리마다~ 슬픈 그대 뒷모습~"

가사를 살려 쓸쓸한 표정으로 노래를 하니 아이들의 표정도 사뭇 달라졌다.

"하얀 눈이 내리던 어느 날~ 우리 따스한 기억들~ 언제까지 내 사랑이어라~ 내 사랑이어라~"

이 부분에서는 행복한 표정으로 노래를 하였다.

"거리엔 다정한 연인들~ 혼자서 걷는 외로운 나~ 아름다운 사랑얘기를~ 잊을 수 있을까 ~"

이 부분에서는 갈수록 목소리를 높여가며 절규하듯 애절하게 부르자 전율이 흐르기 시작했다. 다시 회상 속에서 빠져나와 현실로 돌아오는 느낌을 표현하고자 낮은 목소리로 조용하게 불렀다.

"그대 떠난 봄처럼~ 다시 목련은 피어나고~ 아픈 가슴 빈자리엔~ 하얀 목련이 진다~"

마지막 사랑을 보내는 아픈 마음을 표현하기 위해 마지막 소절을 한 번 더 불렀다.

"아픈 가슴 빈자리엔~ 하얀 목련이~(한 박자 쉬고 사라지듯이) 진~~다"

"우와~ 짝짝짝!"

노래를 마치자 아이들의 박수가 쏟아졌다.

"어때, 주인공의 심정이 노래에서 느껴지니?"

"네, 짱인데요."

"그럼 이제 너희들 차례다. 가사를 생각하며 마음을 다해서 노래해야 해."

“네”

피아노 반주를 시작하자 아이들은 분위기를 잡고 “하얀 목련이 필 때면~” 노래를 불렀다. 이제 갓 배우기 시작한 아이들의 노래가 서툴긴 했지만 가사의 느낌을 표현해보려 애를 쓰는 모습이 기특하기만 했다. 목련이 질 때까지만 부르기로 약속했는데 교정에는 벌써 만개한 목련의 잎들이 떨어지기 시작했다.

지난주에 이어 이번 주말에도 날아온 문자.

‘하얀 목련이 필 때면 다시 생각나는 사람……. 선생님 잘 계시죠?’

‘선생님, 우리 학교에도 하얀 목련이 피기 시작했어요. 보고 싶어요.’

따뜻한 오후를 즐기기 위해 교정을 산책하기로 했다. 조경이 잘 되어 있는 아름다운 고목들과 화단을 지나다 보니 ‘학림동산’ 이라 명명한 연못가에 있는 작고한 선배의 기증 조각품에 발길이 머물렀다.

그 속에는 다음과 같은 글귀가 있었다.

하늘이 있고 땅이 있어 그 속에 예술이 피어난다.

이 얼마나 멋진 말인가! 요즘 학생들이 가져야 할 꿈과 기상이 서려 있었다. 강렬한 이 느낌을 곡으로 옮기고 싶었다.

산책에서 돌아오자마자 시를 더 붙여 가사를 만들고 ‘학림동산’ 이라는 곡을 만들기 시작했다.

칠십 년 지기 사랑의 뜰 젊은이 고뇌 속에 함께 있네.

하늘이 있고 땅이 있어 그 속에 예술이 피어난다.

꿈을 갖는 자들아 두 팔을 벌려라.

떨리는 가슴을 안고서 달려 나가자.

아, 아, 사랑의 학림동산아 불을 밝혀라.

지지 않을 사랑의 불꽃으로 길을 밝히리.

따사로운 5월의 어느 날 졸업생 한 명이 찾아왔다.

"음악선생님 되십니까?"

"네, 그런데요."

(따지듯이) "저는 이 학교 졸업생입니다."

목소리에 잔뜩 힘이 들어가 있었다.

"얼마 전에 학교 앞을 지나다 1학년 학생을 만났는데 교가를 전혀 모르더라구요. 이래서야 되겠습니까? 후배들이 빨리 교가를 부를 수 있도록 잘 지도 부탁드립니다."

황당했다. 나도 그렇고 아이들도 입학한 지 석 달도 채 되지 않았다. 오자마자 졸업생들한테 훈계를 들어야 한다는 것에 자존심이 상했다. 느닷없이 불쑥 나타나 따지는 통에 기분은 나빴지만 시간이 흐르면서 학교에 대한 자부심과 사랑하는 마음을 불러일으키는 데 교가만큼 좋은 것이 또 있을까 하는 생각이 들기 시작했다.

사실 대부분의 음악 선생님들이 수업 첫 시간에 교가를 가르치긴 하지만 어느 정도 익숙해지고 나면 더 이상 교가수업은 하지 않는 편이다. 게다가 학교 행사조차 교가를 생략하는 경우가 많아 아이들도 교가를 제대로 부르지 못하고 가사를 얼버무리게 되는 경우가 허다하다. 그러므로 가급적이면 학교의 크고 작은 행사마다 교가제창을 넣도록 하여 교가를 생활화할 수 있도록 하는 것이 바람직하다. 나도 이젠 음악

시간마다 동기유발로 교가를 부른 다음 수업을 진행해 나간다.

남고에서 80여 명이나 되는 합반 수업을 하기란 결코 쉬운 일이 아니었다.

이번 시간의 수업 목표는 이탈리아 가곡 '오 솔레미오'를 가창하기였다. 가창 수업을 할 때면 언제나 '가사의 주인공'이 될 수 있도록 상상력을 불러일으키는 수업에 중점을 둔다. 교과서에서 나오는 노래 가사의 대부분은 나라, 연인, 부모, 친구의 사랑을 강조하고 있어 아이들의 정서를 순화시키는 데 큰 도움을 주고 있다.

한참 노래를 가르치고 반주를 하고 있는데 내 목소리가 작아서인지 아이들이 장난치며 떠들었다. 게다가 한참 반주를 하다 아이들을 바라보면 '무궁화 꽃'의 한 장면이 펼쳐지는 것이다. 안 보는 틈을 이용해 쏜살같이 서너 명이 창문을 넘어 도망간다. 수업을 그만두고 잡아올 수도 없고 속수무책이었다.

'여학교에서의 호응은 다 어디로 가버린 걸까! 남녀 학생의 차이가 이렇게 큰 걸까!'

잠시 후에 음악실 문이 열리며 선생님들 손에 이끌려오는 아이들. 부끄러움과 수치감에 열이 치솟는다. 아이들도 심하게 화난 내 모습에 사태를 파악했는지 이내 수그러들었다.

화가 날수록 감정적으로 대응해서는 안 된다는 것이 내 철칙이었던 고로 화를 가라앉히고 낮은 목소리로 말했다.

"오늘 너희들의 행동은 엉망이었어. 하지만 한 번의 기회를 주겠다. 만일 오늘 배웠던 이탈리아 가곡 '오 솔레미오'를 내가 만족할 정도로 잘 부를 수 있다면 아무것도 묻지 않고 너희들을 용서하겠다. 하지만 그렇지 못하다면 너희들은 오늘 교실에 들어가지 못하고 단체 체벌을 받게 될 것이다.”

“단 한 번이야.”

순간 정적이 감돌았다. 그래도 단체 체벌은 받고 싶진 않았는지 자세를 바로하며 음악책을 들었다.

이윽고 하바넬라 리듬의 반주가 시작되었다.

“오, 맑은 태양 너 참 아름답다, 폭풍우 지난 후 너 더욱 찬란해~”

사뭇 진지하게 노래하는 아이들.

우리말 가사가 끝나고 이어서 원어로 제창하기 시작했다.

“께벨라 꼬사 나유르 나 따에 솔레, 나 리아 세 레나돕 뽀나 뗌 뻬스타”

그런데 그동안 배웠던 노래마다 가사의 주인공 되는 연습을 해와서인지 의외로 감정이입이 잘되고 있었다. 후렴구에 들어가니 더욱 열창을 하는 아이들이다.

“마 나~ 뚜 소올레 ~ 끼유 벨 로이 네~ 오 솔레 미오~스탄 프론 떼아 떼”

80여 명이 넘는 남학생들의 제창은 소름이 돋았다. 그동안 아무리 잔소리를 해도 이런 감동은 없었는데 최고였다.

그때였다. 갑자기 음악실 문이 열리더니 외국인 한 명이 들어와 조용히 뒤에 앉는 것이었다. 모두 눈이 휘둥그레진 채 일제히 시선이 그리로 쏠렸다.

내가 다가가 무슨 일로 왔냐고 물었다.

“How did you come?”

손짓 발짓하면서 이야기를 들어보니 영어강사로 한국에 초청되었는데 학교 앞을 지나다 멋진 노래 소리에 이끌려 자기도 모르게 들어왔다고 하는 것이다. 놀라웠다. 우리 아이들이 부르는 노래에 감동해서 들어왔다는 사실이 도무지 믿기지가 않았다. 나도 아이들의 노래에 감동했지만 이런 일이 일어날 줄은 몰랐다.

수업 마치는 종이 울렸지만 아이들도 놀랐는지 음악실을 떠날 생각을 하지 않고 있었다. 그래서 그 외국인에게 노래를 한 곡 신청했다. 부끄러워하면서도 전혀 주저함이 없는 그는 구노의 '아베마리아'를 열창하기 시작하였다. 그리 좋은 목소리는 아니었지만 온 마음을 다해 노래를 부르는 그를 향해 아이들은 아낌없이 박수를 쳐주었다.

그 후 결국 음악교사 한 명이 더 충원되었다.

교무부장님으로부터 '스승의 날' 행사를 하니 음악 준비 좀 해달라는 연락이 왔다. 그런데 문제는 누군가가 '스승의 노래' 테이프를 이웃 중학교에 빌려줘서 정작 우리 학교 행사에 사용할 수 없게 된 것이었다.

이 사실을 교무부장님께 알렸다.

"그럼 선생님이 올라가셔서 육성으로 노래하며 지휘하세요."

"아니, 오늘은 학생들이 준비하는 날인데요. 제가 직접 노래하며 지휘한다는 것은 말이 안 됩니다."

"그럼 어쩝니까?"

"학생들을 시키면 될 것 같습니다."

"아이들이 준비가 안 되어서 힘들 것 같습니다."

"저도 그렇게는 할 수 없습니다."

그렇게 옥신각신 실랑이를 벌이던 중이었는데 학생부장의 목소리가 방송 스피커를 통해 각 교실로 울려 퍼졌다.

"아-아- 전교생은 지금 즉시 운동장으로 나와서 반별로 집합하세요. 빨리 나옵니다."

순식간에 전교생이 운동장에 집합했다.

학생회에서 여러 가지를 준비했지만 전체적인 식의 진행은 교무부장님께서 하셨다.

식순에 따라 각 반 반장들이 꽃을 준비해 선생님 한 분 한 분 달아주는 시간을 가졌다. 이어서 교장선생님의 감사연설이 이어진 후 마침내 '스승의 노래'를 제창하는 순서가 이어졌다.

교무부장님의 얼굴에 당황한 기색이 역력했다.

"자, 다음은 스승의 노래를 제창하도록 하겠습니다."

아이들도 노래를 시작하기 위해 자세를 바로 하고 있다.

"하나, 둘, 셋."

"나~ 실제 괴로움 다 잊으시고~"

'어! 이게 아닌데, 이 노래는 어머님 은혜인데……'

생각지도 못한 일이 벌어진 것이다.

학생들은 결국 따라하지도 못하고 굳은 얼굴을 한 채 정자세로 서 있었다.

결국 교무부장님의 독창무대가 되었다.

"하늘 아래 그 무엇이 높다 하리오~."

결국 마지막 소절까지 완벽하게 부르셨다.

처음엔 아무 생각 없이 듣고만 있던 선생님들도 이내 눈치를 채셨다. 순간 웃지도 못할 풍경이 펼쳐졌다. 웃고 싶은데 웃지 못하는 고통이 이렇게 힘들 줄이야. 이를 악물고 참다가 급기야는 눈물까지 글썽이신다. 그런데 교장선생님의 얼굴이 점점 굳어지시는 것이 사태가 심상치가 않았다.

마침내 곡이 끝이 났다. 이어서 "바로" 하시며 땀을 닦으신다.

식을 마친 후 교무부장님과 우리 음악교사 두 명은 교장실로 불려가 호되게 잔소리를 들었다.

"음악 테이프를 다른 학교에 빌려주다니요. 음악교사가 한 명 있을 때도 이런 실수가 없었는데 서로 미루다보니 이런 현상이 나타난 것이 아닙니까?"

"교무부장님은 어찌하여 '스승의 노래'를 '어머님 은혜'로 부른단 말입니까?"

"……"

축제에 올린 '보디빌딩'

교지에 실린 축제에 대한 설문조사를 보니 매우 부정적이었다.

그런 아이들에게 물었다.

"축제에 대해 상당히 부정적이던데 그 이유가 뭐니?"

"재미없어요. 들러리 서는 것이 싫어요." 한다.

"그렇다면 너희들이 진정으로 원하는 것이 축제를 없애는 것이니?"

아이들은 더 이상 아무 말도 하지 못했다.

그해 겨울 음악회를 축제에 포함시켰다. 좀 더 많은 아이들이 고르게 주인공이 될 수 있고 행복해질 수 있는 무대가 필요했기 때문이다.

기선을 잡은 김에 음악시간 수행평가를 통하여 축제에 올릴 재원들을 찾기 시작했다. 행복한 축제를 만들기 위해서는 다양한 무대가 필요했다. 일단 남학교다운 이미지를 살리기 위해 무술이 있으면 좋겠다는 생각을 했다. 그리고 메시지가 있는 콩트, 댄스, 합창과 노래들 그리고 학교 축제에 없어서는 안 될 그룹사운드.

당시 이 학교는 서울대를 1년에 16명씩 보내던 명문 고등학교였다. 공부하는 것밖에는 모르던 아이들이 이런 것을 활발하게 할 리가 만무했다. 하지만 여기저기 쫓아다니며 그룹사운드에 필요한 악기들을 대여 받아 축제를 위한 그룹사운드를 조직하자 아이들은 적극적으로 참여하기 시작했다. 차력과 홍콩영화 '정무문'을 패러디한 코믹무술, 그 밖에도 합창, 콩트, 댄스 그리고 환경오염에 대한 경고를 담은 콩트까지 넣어 재미있고도 다양한 프로그램을 만들어냈다.

아이들이 들뜨지 않도록 축제준비는 음악시간을 통해 조용히 펼쳐졌다. 그러나 아이들의 수준은 기대 이상이었다. 그렇게 첫 축제는 아이들의 기대를 충족시키는 멋진 프로그램으로 이웃 학교 여학생들의 폭발적인 인기를 불러 모았다. 아이들은 여학생들에게 자리를 안내하고 기사도 정신을 보였다. 두 시간 정도의 다양한 프로그램들로 진행되는 공연은 해마다 기대감을 주었고 이웃 학교의 여학생들에게는 놓치고 싶지 않은 볼거리가 된 것이다.

당시에는 격년제로 축제를 하고 있었기에 학창 시절의 추억을 남길 수 있는 축제가 매년 열릴 수 있도록 교장실을 찾아가 부탁을 드렸다. 결국 허가를 얻어내긴 했지만 혼자서 이 일을 감당해내야만 한다는 사실이 너무나 버거웠다. 행복한 축제 프로그램이 되기 위해서는 해마다 색다른 연출이 필요했고 이 고민은 스트레스로 이어졌다. 그러나 정작 아이들은 이런 축제 공연을 환영했다.

다음 해, 축제에 관심이 높아진 만큼 이번에는 아이들에게 '보디빌딩'을 해보자고 했더니 손사래를 친다. 그렇다고 포기할 내가 아니었다.

그러던 어느 날 한 명이 손을 들었다.

"선생님, 저 보디빌딩을 한번 해보겠습니다."

"어머 정말이야?"

"와, 너 용기가 정말 대단하다. 그래, 나와서 한번 해봐."

그렇게 말은 했지만 웃음이 터져 나오는걸 간신히 참았다.

평소에 무척 얌전하고 조용했던 마른 체구의 친구였는데 도우미를 한 명 데리고 나왔다. 아이들의 기대가 쏠리기 시작했다.

웃통을 벗어 던진 아이의 몸에 도우미가 진지한 얼굴로 기름을 바르기 시작했다. 나름 운동을 해서인지 근육질의 몸을 가지고 있었다. 이윽고 얼굴에 갖은 힘을 주며 이두박근이 나오게 하려 애를 쓰자 이를 지켜보던 아이들이 웃음을 참지 못하고 킥킥거리기 시작했다. 그러나 사뭇 비장함까지 느껴지는 열연은 계속되었다.

"와! 너 정말 용기가 대단하구나. 멋있다. 축제 때 할 수 있겠니?"

"네 할 수 있습니다." 하고 용감하게 대답했다.

그렇게 보디빌딩은 축제 프로그램으로 올라갔다.

그런데 축제를 한 달 앞두고 사건이 발생했다. 다른 학교와 패싸움이 벌어졌는데 그것도 보디빌딩의 핵심멤버들이 모두 다 관련된 것이었다. 교무실 앞에서 머리를 조아리며 꿇어 앉아 있는 아이들을 바라보니 정말 기가 찼다. 학생부장님께 찾아가 축제 이후로 처벌해달라고 간청은 했지만 거절당했다. 결국 그 아이들은 축제에 참여할 수 없게 된 것이다.

그 친구를 대신하여 두 명이 찾아왔다.

"선생님, 보디빌딩을 할 수 없게 되어 정말 죄송합니다."

"얼마나 힘들게 용기를 낸 일인데 그만한 일로 포기하니? 사나이가 칼을 뽑았으면 무라도 썰어야지. 네 친구들을 대신해서 너희들이 축제에 나가면 되잖아."

"네? 아, 네, 알겠습니다."

나의 한 마디에 단 한마디도 반박하지 않고 아이들은 돌아갔다.

축제 2주 전, 프로그램도 나오고 전체적인 점검만 하면 되었다. 그런데 이번에는 증인으로 불려간 아이들이 친구들이 정당방위였다는 사실을 말하려다 학생부장에게 대든 사건이 또 다시 발생한 것이다. 결국 그 아이들까지 축제 출연이 금지되었다.

이미 인쇄되어 나온 프로그램에는 '보디빌딩' 네 글자가 진하게 적혀 있었다. 할 만한 아이들은 모두 학생부에 불려가 있고 얌전하고 보수적인 아이들만 남아있던 그 반에서 이번엔 반장까지 찾아왔다.

"선생님, 죄송합니다. 도저히 이 프로그램을 할 수가 없습니다."

"야, 너희들 축제 프로그램이 장난인줄 알아? 여기 프로그램이 인쇄되어 나온 것 안 보이니? 무조건 해야 해. 이건 인생이야. 이 어려움을 극복하지 못한다면 너희들은 사회에서 조금만 어려워도 포기할 거야. 너희 인생이 성공하려면 이 관문을 반드시 뛰어넘어야 한다. 친구들을 대신해서 너희들이 해라."

"네, 알겠습니다."

끝까지 포기해선 안 된다는 내 말에 아이들은 어떤 변명도 하지 못하고 돌아갔다.

남은 아이들로 조직하여 다시 준비를 하기 시작한 것이다.

축제 하루 전, 나름대로 준비한 모습을 보았는데 영 형편이 없다. 얼굴에는 부끄러워하는 기색이 역력하고 내용도 지루하고 재미가 없었다.

"야, 이런 보디빌딩도 다 있니? 너무 재미없다. 이렇게 하려면 집어

치워라."

그 말을 듣던 아이들의 인상은 험해지고 입에서는 '에이 씨발.'이 절로 튀어나온다.

그러든지 말든지 난 냉정하게 돌아서 나왔다.

그날 밤 아이들은 결국 밤 10시까지 새로운 아이디어로 다시 짰다.

다음날 마침내 축제가 시작되었다. 전날 보여주었던 나약한 모습을 어디론가 사라져 버리고 개그콘서트를 방불케 하는 재미있는 춤과 행동을 곁들인 퍼포먼스가 펼쳐졌다. 그렇게까지 달라질 줄 상상도 못했다. 그야말로 감동의 도가니였다.

음악에 맞추어 마른 체구의 친구들이 벌리는 퍼포먼스는 그 자리에 있었던 수많은 여학생들을 열광시켰다. 나름대로 최선을 다하며 살려내었던 '보디빌딩'이었다.

축제가 끝나자 아이들은 해냈다는 기쁨에 들떠 있었다.

내가 다가가자 양쪽에 늘어서는 아이들.

"선생님 해낼 수 있도록 해 주서서 감사합니다."

"너희들의 성공을 축하해. 이제 너희들에게 못 해낼 것이란 없어"

그렇다. 내가 원했었던 것은 그 프로그램을 얼마나 잘해내느냐가 아니라 원했던 일을 어려움 때문에 도중에 포기하는 일 없이 끝까지 해내는 모습이었다. 결국 아이들은 해낸 것이었다.

자율학습 시간 관리법

신설학교로 옮긴 후 다시 담임을 맡게 되었다. 너무나 여학생답고 착한 반 아이들을 만나서인지 학교 가는 것이 그렇게 즐거울 수가 없다. 새로운 열정이 불끈 솟아올랐다. 반 아이들을 위한 자기 주도 학습을 위한 계획표를 만들었다.

물론 계획이라 잘 안 되는 부분도 많겠지만 나름 신경 써서 짰다. 이 중 내가 가장 심혈을 기울인 것은 '자율학습 시간 관리법' 이었다. 스스로 공부 분량을 결정하고 실천 정도에 따라 점수를 매긴 후 그날의 반성을 기록하여 노트를 제출하면 좀 더 자기 관리를 잘 할 수 있도록 내가 다시 점검하는 방식이었다.

자기 주도 학습이 성공할 때까지 지속적인 자율학습 노트 점검을 하자 차츰 공부에 대한 목표가 서고 시간관리가 좋아지기 시작했다.

스스로 계획하고 반성하는 자율학습 노트 검사를 시작한 지도 벌써 두 달이 넘었다. 검사라는 말은 맞지 않았다. 오히려 옆에서 지켜보고 격려해주기 위해 힘을 실어주는 일이라 하는 것이 맞을 것이다.

확실히 아이들이 변해가는 모습이 느껴졌다. 능력에 맞는 공부를 계획하고 시간 관리를 꾸준히 해서 그런지 집에서도 그 리듬을 유지하며

	가장 듣고 싶은 인사	이름과 함께 별칭 불러주기 (너랑 있으면 마음이 편해)
	조 · 종례 시간	미소 띤 얼굴로 인사하기
	수면시간	2교시 마치고 쉬는 시간, 점심시간 이후 5교시 마치고 쉬는 시간, 야자 2교시 쉬는 시간 (수면시간에 떠들지 않기)
일일 계획	**자율학습 공부 계획서** (일일 교사점검 및 개인 성취도 결과에 대한 답글 적기)	좌우명, 목표, 진로, 1년간, 월말, 주간 등 전체계획표 작성 후 일일 자율학습 자가 점검 노트 기록 – 하루 매시간의 학습계획에 대한 결과를 (○△×)로 표시 후 종합 % 기록하며 반성을 쓴다.
	자율학습 노트 작성 요령	**자율학습 자가 점검 노트** 수학 행렬 1단원 (○), 영단어 30개 (△), 수능오답풀이 (×) 오늘의 종합 성취도 : 50% **반성** : 목표량이 너무 과해 성취도가 낮아 공부양을 재조정해야겠다.
	생일축하	생일축가, 카드 및 롤링페이퍼 교환
주간 계획	자리이동(제비뽑기)	격주 토요일 종례시간
월말 평가	(H.R시간 월 1회) 자율학습 평가 '칭찬합시다, 발전상' – 도서상품권 시상	자율학습 평가서 제출 및 반성의 시간 (무기명으로 자율학습 평가) '칭찬합시다', '발전상' 추천하기 자율학습, 봉사, 선행부문 5명이상 추천 시 – 도서상품권 1장 학업향상 2회 – 도서상품권 1장

생활하는 듯했다. 부모님들도 그런 아이들의 모습에 무척 대견함을 느끼고 있는 것 같았다.

성실하고 꾸준하게 하다보면 발전하지 않을 것이 무엇이 있으랴. 생활에 자신감이 붙어서인지 아이들은 학교에 오는 것을 행복해 했다.

'즐거운 학교, 오고 싶은 학교, 반가운 만남'

이것이 진정한 학교의 모습이 아닐까!

5월이 되자 자율학습에 대한 평가를 아이들에게 받아보았다. 결과를 분석하니 다음과 같다.

지난달에 비해서 좋아진 점

1. 전에는 선생님이 조용히 하라고 해야만 앉았는데 지금은 종이 울리면 자리에 앉는 아이들이 늘어나고 있다.

2. 약간씩 분위기가 좋아지고 있어 야간자율학습 처음의 분위기로 돌아갈 수 있을 거라는 희망을 갖는다.

3. 3월만큼은 아니지만 수학여행이 낀 지난 4월에 비해서는 조금 나아졌다.

격주로 자율학습 평가를 할 때면 무척 긴장이 된다. 나름대로 대책을 세워 지도하였다고 생각했었지만 수학여행으로 인해 많이 흐트러졌던 지난 4월과 별로 다름없는 결과분석이 나왔다. 순조롭게 담임을 해오다가 다시 함정에 빠져버린 느낌이다.

지난달엔 잘못되었다고 생각하는 부분에 스스로 반성문을 내게 하고 벌점을 매기는 방법을 택해보았다. 하지만 초기에 사용했던 방법들이 더 이상의 효과를 주지는 못하는 것 같았다.

늘 새로운 자극이 생겨나지 않으면 곧 해이해져 버리는 아이들의 습성을 어떻게 하면 잔소리나 기분을 상하지 않게 고쳐나갈 수 있을까! 고도의 심리전이다. 여기에서 잘 극복해내고 대안을 마련할 수 있다면 학습태도 및 자율학습 능력을 배가시킬 수 있을 텐데!

결국 고민한 끝에 자율학습 평가 분석표를 나누어 주고 각자의 반성할 점, 자기행동의 구체적인 개선방법, 지난달 반성부분의 변화된 점을 모두에게 적어내게 하였다. 걷어서 읽어보니 아이들이 많은 것을 느끼고 있었고 저마다 조금씩은 발전하고자 애쓰는 흔적이 역력했다.

보다 좋은 학급 분위기를 만들기 위해서 서로를 채찍질 해주자는 내용도 많았고 스스로 수업시간에 대한 예의를 지켜 친구들에게 작은 피해라도 주지 말아야겠다는 결심들이 돋보였다. 역시 잔소리보다는 스스로 깨닫게 하는 것이 최고의 지도방법인 것 같다.

2학기에 들어오면서 1학기 때 보여주었던 집중력과 끈기가 떨어지고 있어 어떻게 하면 다시 아이들에게 힘을 줄 수 있을까 고민했다. 이제 6개월 후면 3학년에 진급하게 되는 아이들이라 시간이 그리 많이 남은 것이 아니다. 요즘 들어 아이들에게 스스로 하는 공부에 대해 심리적인 압박단수를 조금씩 높여가고 있다.

자신과의 싸움인 야간자율학습을 호시탐탐 빠지고 싶어 하는 아이들. 함께 공부할 때 시너지 효과가 높아진다는 것을 사실을 누누이 강조해도 듣는 둥 마는 둥이다.

교실에 잠시 들렀더니 경희가 책상에 엎드려 있다. 중학교부터 가장 친하게 지내왔던 옆 반 친구 미선이가 지병으로 사망한 것이었다. 같은 동아리 친구들 역시 종일 우울해 하고 있는데 공부가 잘 될 리 만무하다. 꽃다운 고교시절에 사랑하는 친구를 저세상으로 떠나보낸다는 것은 거의 쇼크에 가깝다. 보일 것만 같은데 보이지 않고, 만져질 것만 같은데 만져지지 않고, 들릴 것만 같은데 들리지 않는 슬픔이다.

이튿날에도 화장터에 따라갔는지 경희가 자리에 없었다.

"얘들아, 마음이 많이 아프지? 우리가 서로에게 잘해야 되는 이유는 헤어지고 나서 후회하지 않기 위해서야. 영원할 것 같지만 언젠가는 이별을 해야 하는 인생이기에 친구, 선생님, 가족들에게 잘해야 하는 거란다."

질풍노도의 청소년기, 아이들은 성적, 친구, 가정환경, 왕따 등 여러 가지 문제로 인해 심한 정서 불안을 겪고 있다.

희망과 꿈이 샘솟는 나이임에도 불구하고 늘 입시에 대한 부담감으로 어깨가 처져 있는 아이들을 바라보자니 그저 안타깝기만 하다.

조, 종례 시간이 되면 꿈을 가지고 도전하라. 고 외치게 되지만 솔선수범 없는 교훈은 울림 없는 꽹과리가 아닌가! 말뿐인 훈화는 더 이상 아이들의 가슴에 울림을 주지 않는다. 마침내 커다란 결심을 했다. 목표를 설정하고 꿈을 이루어가는 과정을 보여주기로 한 것이다. 내가 아이들에게 보여줄 시범으로 설정한 도전은 그동안 꿈으로만 생각해 왔던 악보집 출판이었다. 악보집을 출판한다는 것은 능력의 110%에 대한 도전이었기에 너무나 큰 두려움이 밀려왔다. 하지만 이것이야말로 진정한 시범이 아닐까!

몇 번이나 포기 할 뻔 했었던 합창 편곡집이다. 하지만 그동안 아이들을 위해 생각했었던 아름다운 곡들을 만들기 시작했다. 무려 20여곡이나…… 오로지 아이들과의 약속을 지켜내야만 한다는 일념으로 시작된 도전이었다. 그로부터 6개월 후 도서출판 중앙아트에서 '청소년을 위한 아름다운 합창' 곡집이 출판 되었다. 불가능을 가능하게 했던 약속이었던 만큼 아이들은 적지 않게 놀랐고 새로운 용기를 얻게 되었다.

한동안 힘들었던 반 분위기가 끊임없는 심리전 덕분인지 다시 살아나기 시작했다. 9월 모의고사 결과가 분석되어 자세히 나왔다. 지난 3월 모의고사에 비하면 우리 반의 성적이 꽤 많이 올랐다. 평균이 무려 12점이 올라 인문반 중 2등을 하면서 1등과의 격차를 많이 좁혔다. 모두 꾸준한 스스로의 자율학습 관리 때문이 아닌가 싶다. 이번 분석 결과를 통해서 자율학습을 스스로 관리한다는 사실이 얼마나 중요한 것인지를 알 수 있었다. 몇 개월 동안 꾸준히 자율학습 노트를 관리하고 아이들과 쪽지 편지를 주고받은 결과가 이제야 빛을 발하는 것 같다.

자율학습 노트를 검사하니 곳곳에서 시험기간 후유증이 나타나고 있었다. 여기저기 아픔을 호소하고 잠과 걱정도 상대적으로 늘어 고민이 가득한 반성들이 빽빽이 적혀 있었다. 월요일부터 시작되는 기말고사 때문에 지쳐 보이는 아이들의 모습은 창백하기까지 했다.

오늘 종례의 가장 키포인트는 시험스트레스 퇴치법이었다.

"지금 너희들이 몸이 아프거나 심하게 피로한 것은 시험 스트레스와 밀접한 관계가 있거든. 그러니 이제부터 내가 하는 것을 잘 따라 해봐. 자 지금부터 웃음 명상법을 실행하겠다. 먼저 아침에 잠이 깨면 눈을 뜨기 전에 고양이처럼 기지개를 켜는 거야. 그래서 온 몸의 근육들을 쭉쭉 펴주는 거야. 온 몸을 이완시키는 체조가 끝나면 눈을 감은 채 5분 동안 마냥 웃어봐. 처음에는 억지웃음 소리를 내게 되겠지만 나중엔 그 웃음이 진짜 웃음을 불러일으킬 거야. 그때는 웃음 속에 파묻혀 다 잊어버리는 거야. 미국 스탠퍼드 의대의 윌리엄 프라이 교수에 의하면

깔깔거리며 크게 웃는 것이 체내에서 낡은 공기와 새 공기의 교환을 촉
진시켜 혈중 산소 농도를 높이고 엔도르핀의 분비를 촉진시켜 행복감
을 느끼게 한다고 발표했어. 잘 들었지? 그럼 이제 큰 소리로 아하하하
하~"

"아하하하하하."

"옆 사람을 치면서 아하하하하하."

"아하하하하하."

갑자기 온 교실이 웃음바다로 변해버렸다.

그렇게 한참을 웃고 나니 아이들 기분이 한결 밝아진 것 같았다.

롤링페이퍼

새로운 학년으로 올라가기 전 마지막 수업 한 시간을 남겨놓고 음악실에서 최종수업을 했다.

"여러분 마지막 시간을 어떻게 보내는 것이 좋을지 의견을 내볼 사람?"

워낙 수동적으로 자라온 아이들인지라 묵묵부답이었다.

결국 내가 여러 가지의 보기를 제시했다.

1. 장점을 격려 해줌으로써 자신감과 의욕을 고취시키는 롤링페이퍼
   - 자신의 이름을 적은 종이를 친구들에게 돌려가며 적게 한다.
2. 반원 전체가 지난 1년을 정리하며 한 사람씩 3분간 자신의 소감을 말한다.
   - 감동이 넘쳐날 것에 대비해 휴지 한 통을 마련한다.
3. 친구탐색 (친구에게 3가지 질문을 던져 좀 더 친구에 대해 알기)
   - 대표 한 명이 나오게 되면 3명에게 1가지씩 질문을 받아 단답형으로 대답한 후 자신이 원하는 친구를 선정하여 다시 나오게 하는 방법으로 1시간을 돌아가게 한다. (다소 오락형)

4. 선생님이나 친구에게 그동안 잊지 못했던 일들을 편지로 써보기.

5. 주제를 정하여 인기투표하기 (버겁이, 공주 등등)

6. 음악실에서 노래로 추억 만들기

무얼 택할까 호기심이 생긴다. 그런데 대부분이 '롤링페이퍼'를 선택했다. 롤링페이퍼를 할 때 유의할 점은 처음과 끝을 잘 설정하여 도미노처럼 연결되도록 머리를 써 종이를 돌려야 한다는 것이다. 그렇지 않으면 중간에 끊어져서 우왕좌왕하다가 한 시간을 다 보내고 만다. 최고 좋은 것은 원의 형태에서 돌아가는 것이 좋다.

"자, 오늘은 '롤링페이퍼'와 관련된 일화를 들려줄게."

"네"

"초등학교 6학년 담임을 맡게 된 수녀선생님이 있었단다. 이 반에는 늘 AC, C8을 달고 다니던 아이들이 몇 있었어. 언어폭력을 일삼는 그 아이들 때문에 선생님은 많은 고생을 했단다. 졸업식을 하기 이틀 전 선생님은 아이들에게 종이를 한 장씩 나눠주고 이렇게 말을 했어. '여러분, 지난 한 해 동안 우리는 참 많은 일들을 겪었죠? 슬픈 일, 기쁜 일, 행복했었던 일들. 그러다보니 마침내 졸업식이 다가왔네요. 오늘은 그동안 친구들에게 못 다한 이야기들을 이 종이 위에 정성껏 적어보기로 합시다.' 그러자 아이들은 종이 위에 반 친구들 한 명 한 명을 생각하면서 하고 싶은 말들을 적어내려 갔어. 그렇게 적은 종이를 걷어서 집으로 가지고 온 선생님은 밤이 새도록 다시 옮겨 적었지. 그리고 졸업식 날 아침에 한 명 한 명의 노트 속에 이 메모들을 넣어 두었어. 아이들은 노트 속에서 롤링페이퍼를 발견하고 읽었지만 아무도 그것에 대해 말을 하는 아이는 없었어. 그렇게 졸업식은 끝나고 아이들은 각자 뿔뿔이 흩어졌지. C와 8을 사랑하는 아이도 물론 그 페이퍼를 받았어. 하지만 그는 제대로 보지도 않고 종이를 구겨서 쓰레기통으로 던져 버렸어. 왜냐하면 자신을 비난하는 욕만 잔뜩 적혀있을 거라는 생각을 했던 거지. 그날 밤 잠자리에 누우려는데 쓰레기통으로 던져버린 종이가 자꾸만 눈에 아른거리는 거야. 결국 망설이다 쓰레기통을 뒤져서 다시 찾아냈지."

"……."

"그런데 놀랍게도 페이퍼에는 이렇게 씌어있었던 거야. '마이클, 넌 늘 화난 표정을 하고 있지만 얼마나 마음이 따뜻한 아이인지 잘 알고 있어. 네 옆모습이 얼마나 멋진지 넌 알고 있니? 졸업해서도 우리 꼭 연락하며 지내자.' 하며 끊임없이 펼쳐지는 친구들의 메모는 지금까지 한 번도 듣지 못했던 이야기들이었어. 자신이 친구들에게 사랑받고 있었다는 생각에 미치자 마이클의 눈에서는 눈물이 흐르기 시작했어. 그 후 15년이 흘렀고 수녀선생님은 고등학교로 전근을 가게 되었어. 그러던 어느 날 다급한 전보가 날아왔단다."

"……."

"마이클의 어머니였어. '〈긴급〉 저의 아들 마이클이 전쟁터에서 전사를 했습니다. 내일이 장례식입니다. 선생님께서 꼭 참석해주시면 대단히 감사하겠습니다.' 제자의 전사 소식에 선생님은 너무나 놀랐지. 그래서 최대한 빠른 시간에 갈 수 있는 비행기 표를 끊어서 장례식장에 도착했는데 놀랍게도 거기에는 15년 전 반 아이들이 모두 그 자리에 와 있었던 거야. 감동적인 순간이었어. 장례식이 끝나니까 어머니는 친구

들과 선생님이 모인 자리에서 마이클의 지갑을 보여주는 거야. 그 속에
는 낡고 너덜너덜해진 종이가 있었는데 바로 6학년 졸업식 때 나눠 주
었던 그 '롤링페이퍼'였던 거지. '아들이 전사한 후 유품을 정리하는데
이 페이퍼가 나왔어요. 제가 선생님께 참석해 달라는 이유는 바로 이것
을 보여드리기 위함이었습니다.'라고 어머니가 말했어."

"……."

"어머니는 15년 전에 받았던 이 롤링페이퍼로 인해 변화된 마이클의
인생에 대해 이야기를 하기 시작했어. 초등학교 졸업 이후로 완전히 달
라진 마이클은 페이퍼를 지갑 속에 넣어서 간직했는데 군대에 갈 때도
가지고 가서 힘들 때마다 꺼내보았다고 해. 그러자 옆에 있던 마이클의
친구들이 눈물을 글썽이며 '선생님, 그거 저도 있어요. 어, 저도 있는
데' 하며 하나 둘 자신의 롤링페이퍼를 꺼내들기 시작하는 거야. 결국
그 자리는 눈물바다로 변해 버렸지."

"……."

"이제 친구들을 변화 시켰던 롤링페이퍼의 위력을 알겠죠? 자, 그럼
이제부터 진심으로 친구를 생각하면서 글을 써봅시다."

그렇게 쓰기를 마치자 아이들은 저마다 친구들을 바라보며 웃음꽃
을 피웠다.

"자 이제 앞으로 나와서 원을 만들어보세요."

글쓰기가 끝인 줄 알았는데 나의 갑작스런 주문에 아이들은 의아해
하는 눈빛으로 서로를 쳐다보더니 동그랗게 한 원을 그리며 섰다.

"이제부터 '올드 랭 사인'을 반주하겠어요. 그러면 여러분은 올 한
해를 돌이켜보며 행복했던 일들을 떠올리며 손을 잡고 노래를 합니다.

좋은 추억들이 많이 떠오를 겁니다. 그런 다음 선생님이 다시 한 번 더 치겠어요. 이번에는 아무 말도 하지 말고 오로지 눈으로만 대화하며 친구들과 악수도 하고, 안아도 주세요.”

처음에는 웃음으로 시작했었는데 ‘올드 랭 사인’을 치기 시작하자 그 선율에 그만 아이들의 눈이 촉촉해졌다.

“오랫동안 사귀었던 정든 내 친구여, 작별이란 웬 말인가, 가야만 하는가, 어디 간들 잊으리요⋯⋯.”

노래가 끝나자 계속되는 내 피아노 연주에 맞추어 이번에는 서로의 눈을 바라보며 마음속의 이야기들을 시작했다. 두 줄의 원을 만들어 한 줄이 돌아가면서 서로의 눈을 바라보다 눈물을 흘리기도 하고 한참을 서로 안아주기도 했다. 말로 표현하는 것 이상의 진한 감동이 흐르고 있다. 이렇게 해서 음악수업인지 인생수업인지 이름 모를 수업을 모두 마쳤다.

수업을 마치고 한 시간이 지나자 내게도 2학년 음악반의 롤링페이퍼가 돌아왔다. 그 중에 합창부의 장○○가 적은 초록색 글씨가 눈에 들어왔다.

“선생님, 선생님, 선생님! 사랑합니다, 존경합니다, 선생님의 말씀을 정말 사랑합니다. 저희 합창부를 아껴주시고 사랑해주시는 마음이, 저희를 생각하며 지어주신 곡의 선율과 가사가 제 마음 속에 메아리칩니다. 인생을 가르쳐 주신 선생님, 선생님의 그 크신 메아리가 온 세상에 퍼지도록 저도 다른 사람들에게 나누어 줄게요. 말보다 마음이 더 큰 거 아시죠?”

나도 결국 눈물을 흘리고야 말았다.

위기의 청소년들

갑자기 신문 기사 내용 하나가 학교를 폭풍 속으로 몰아넣었다.

산 정상에서 오래전에 죽은 것으로 보이는 시신 한 구가 지나가는 등산객에 의해 발견되었는데 부검을 해보니 목을 매단 흔적으로 보아 1년 전쯤 자살한 것으로 보인다는 내용이었다. 여러 가지 추적 결과 그 시신은 실종된 우리 학교의 학생이었다.

부모가 없어 스님의 보호 아래 자라왔지만 생각이 깊고 모범생이었던 아이였기에 선생님들은 절대 그럴 아이가 아닌데, 하며 충격을 금치 못했다. 사춘기의 방황을 이겨내지 못하고 막다른 선택을 한 것 같다.

해마다 수능 철이 되면 어김없이 학생들의 자살소식이 들려온다. 얼마 전에도 성적비관으로 아파트 옥상에서 두 명이 뛰어내린 사건이 발생했다.

OECD국가 중 청소년 10명 중에서 1명이 자살충동을 느끼고 있고 세계 최고의 자살률에 행복지수는 꼴찌인 나라가 바로 우리나라이다.

대한민국이 건강하게 생존하려면 살고 싶은 나라가 되어야 한다. 이미 막다른 골목에 다다른 시점이지만 이제부터라도 정부와 국민 모두가 함께 이 문제를 해결하기위해 나서야 한다.

　행복해지기 위해서는 무엇보다 교육의 힘이 크다. 청소년들이 살고 싶지 않은 이유를 살펴보면 왕따, 가정환경, 경제력, 폭력, 성적, 성 정체성, 외모 등, 수도 없이 많은 이유들이 있다. 하지만 자살을 하게 되는 진짜 이유는 무엇일까?

　그것은 아마도 그러한 계기들이 만든 어둠과 슬픔으로 인해 철저하게 '자기 고립'으로 빠져들기 때문일 것이다. 그렇다면 문제의 해결 또한 '고립'에서부터 출발해야 하지 않을까!

　'고립'이 문제의 씨앗이 된다면 고립이 되지 않는 방법을 찾아야 할 것이다. 그것은 바로 '소통'이다.

　매슬로는 인간의 욕구를 5단계로 나눈다. 그중 4단계 자존의 욕구(self-esteem)는 타인으로부터 인정받고자 하는 욕구이다. 이러한 욕구가 충족되면 자신감을 되찾고 자신을 통제할 수 있는 힘이 생긴다고 한다. 그러므로 자존의 욕구가 채워지기 위해서는 먼저 소통할 수 있어야 한다. 그 방법을 찾아낸다면 자살률은 당연히 줄어들 것이다.

　내게도 소통을 통해 위기를 넘은 학생이 있었다. 부모가 공무원이면서 맞벌이 자녀였던 희연이는 중학교 때까지 우수한 성적을 유지하며 부모님의 기대를 한 몸에 받던 아이였다. 그러나 고등학교에 들어오면서 성적이 조금씩 떨어지기 시작하더니 2학년이 되면서부터는 공부에 흥미를 잃어버리게 되었다. 내성적이고 자존심이 강했던 희연이는 학급에서도 자신의 마음을 털어놓지 못하고 고립을 택했다.

　그런 희연이가 3학년 되어서 음악을 하고 싶다고 내게 찾아왔다. 어린 시절 배웠던 피아노를 전공하고 싶다고 하는데 처음에는 농담으로만 생각했었다. 피아노를 전공하기엔 너무 늦은 시기였기 때문이다.

차라리 그 실력으로 일반학과를 가는 것이 낫지 않겠냐고 계속 조언했지만 정말 전공하고 싶은 것이 피아노라고 진지하게 말하는 그 아이를 차마 외면할 수 없었다. 게다가 웬만한 대학은 성에 차지도 않는 듯싶었다.

어느 날, 희연이는 내게 정식으로 상담 신청을 해왔다. 입시 상담인 줄로만 알았던 내게 그 아이는 놀라운 사실을 고백했다. 학교를 그만두고 싶다는 내용이었다. 부모님도 싫고 친구들도 싫고 모든 것이 다 싫으니 제발 자퇴만 할 수 있게 해달라고 졸랐다.

너무나 놀라 처음에는 할 말을 잃었다. 여러 방면으로 끈질긴 설득을 해보았지만 도대체 막무가내였다. 그렇다고 자퇴를 한 다음 대책이 있는 것도 아니었다. 검정고시를 치려는 생각도 없었고 오로지 도망치려는 생각뿐이었다. 첫 날부터 오랜 시간을 상담하였으나 도무지 희망이 보이질 않았다. 기대했던 내게서 별 뾰족한 대답을 못 얻은 희연이는 이번에는 다른 선생님들께 상담을 요청했다. 멀리서 지켜보는 내내 불안한 마음을 감출수가 없었다. 저러다 장기결석을 해버리면 어떻게 하나, 하는 걱정에 날마다 그 아이가 학교를 등교했는지를 살폈다.

다행히 원래 결석과 지각을 하지 않았던 성실했던 아이인지라 자퇴 처리가 될 때까지 버티는 것 같았다. 나와의 끈도 놓지 않고 싶었는지 지나치다 눈이 마주치면 다시 대화를 걸어왔다. 그러던 어느 날, 충격적인 사실을 알게 되었다. 희연이가 진짜 원하는 것이 무엇인지를. 희연이는 자퇴가 아닌 자살을 꿈꾸고 있었다.

희연이는 유치원에서 돌아오면 언제나 혼자였다. 혼자 있는 것이 너무나 두려워 TV를 크게 틀어놓거나 방에 틀어박혀 게임을 했다고 한다. 퇴근해서 돌아오신 엄마는 이런 희연이가 못마땅해 날마다 왜 공부를 열심히 하지 않느냐고 야단을 쳤다. 성적이 떨어지면서 더욱 반항적으로 변해갔던 희연이는 자신을 이해하지 못하고 무조건 논다고 야단만 치는 엄마가 밉기도 했지만 그렇게 추락하는 자신이 너무나 싫어서 살고 싶지 않다고 했다.

그날의 고백 이후로 우린 많이 가까워졌다. 자신의 마음을 털어놓을 곳이 생겨서인지 격한 감정도 많이 가라앉고 죽고 싶다는 이야기도 줄어들었다.

결국 희연이는 자퇴를 하지 않았고 무사히 수능을 쳐서 음악교육과에 피아노 전공으로 합격했으며 아이들과 함께 졸업식에도 참석했다. 그러나 완전히 좋아진 것이 아니었는지 거기에 만족하지 못하고 결국 힘들게 입학한 대학을 포기하였다.

스승의 날이 얼마 지나지 않았던, 화사한 5월의 어느 날, 퇴근해서 도서관 식당에 들렀더니 전화벨이 울리기 시작했다.

"선생님, 저 희연이에요. 지금 어디 계세요?"

"여기 학교 근처 도서관 앞인데."

"저 지금 버스타고 가고 있으니까 조금만 기다려 주세요. 전해 드릴 것이 있어서요."

지난 토요일에도 전화가 걸려왔지만 버스 안이라 목소리가 잘 들리질 않아 끊고 다시 연락하기로 했었다. 그동안 어떻게 지내고 있었는지 무척 궁금했었는데……

이과에서 문과 그리고 원하는 피아노를 하기까지 어려운 과정을 겪으면서 진정으로 하고 싶은 일을 간절히 찾던 희연이였다.

서둘러 도서관을 나와 길을 건너 공원에 도착하려는데 멀리서 희연이가 줄곧 달리기를 했는지 턱에까지 차오르는 숨을 고르면서 반갑게 인사를 건넸다. 이렇게 다급하게 찾아주는 제자가 있다는 것이 고맙기만 했다.

희연이는 예전에 비해 얼굴도 좋아져 보이고 성숙하고도 안정된 모습이었다. 공원 앞에서 잠시나마 옛 이야기를 나누다보니 이내 눈물이 그렁그렁 했다.

"선생님이 계셔서 힘든 고교시절을 잘 이겨낼 수 있었어요."

지방대 음악교육과에 합격했지만 그만두고 다시 공부를 시작했다고 말하는 희연이의 얼굴엔 활기가 넘쳐 보이고 결연한 의지가 엿보였다. 그러더니 들고 있던 종이가방 속에서 무언가를 꺼내 들었다.

"바디 샴푸예요. 선생님 생각하면서 골랐어요. 마음에 드셨으면 좋겠어요." 스승의 날을 맞이하여 선물과 카드를 전해주기 위해서 여기까지 달려온 것이었다. 내가 무슨 큰 존재가 된다고 이렇게 힘들게 달려온단 말인가!

잠시의 만남이었지만 택시를 타는 순간까지 손을 흔들며 나를 바라보던 희연이의 모습이 잊히지 않는다. 새롭게 다시 공부를 시작한 만큼 어려움을 잘 극복할 수 있게 되길 간절히 기도했다.

그로부터 4년이 흘렀다. 희연이가 잘 지내고 있는지 지금 어디서 무엇을 하는지 너무나 궁금했지만 도무지 알 길이 없었다. 희연이에게 무슨 일이 생긴 것은 아닐까! 너무나 연락이 없어서 걱정이 되었다.

그러던 어느 날 편지 한 통이 배달되었다.

도착한 지 이미 한 달이 지난 편지였다. 새로운 학교생활에 적응하

느라 우편함을 열어보지 못했던 것이었다. 보내는 사람을 보니 바로 희연이였다. 봉투를 뜯는 손끝이 떨려왔다.

편지는 이렇게 시작하고 있었다.

"선생님, 정말 보고 싶었습니다. 잘 지내셨나요? 미리미리 제 소식을 전했어야 했는데, 궁금해 하셨을 텐데, 정말 머리 숙여 죄송한 마음뿐입니다. 연락을 드려야지 하며 숱하게 마음먹었으나 잘 실천이 되질 않았습니다. 고등학교 졸업 후 재수를 하게 되면서 정말 힘든 시간을 보냈습니다. 그러나 입시에 재도전해서 지금은 대학 생활을 잘하고 있습니다. 처음엔 나이가 많아서 어떻게 생활할지 걱정도 되었는데 시행착오를 겪어가면서 친구도 만났고 수업을 듣는 것도 너무나 재미있습니다. 또 자원봉사 동아리에 가입해서 정기적으로 보육원에서 아이들과 시간을 보내고 있습니다. 그곳에서 만나는 사람들과 인연이 제 대학 생활에 큰 힘이 된답니다. 졸업을 하고 나면 교사가 될지, 아니면 음악치료를 공부할지 아직 갈피를 잡지 못하고 있습니다. 최근엔 음악치료사도 참 보람이 있겠구나, 하는 생각이 듭니다. 고등학교 때 선생님은 제 멘토이셨습니다. 선생님이 없었다면 전 자살을 꿈꿨을지도 모릅니다. 그런 선생님을 어떻게 제가 잊을 수 있을까요? 잊어본 적이 없습니다. 5월이 되고 스승의 날이 되어도, 음악 공연을 보아도, 버스를 타도, 잠이 잘 안와도 선생님의 얼굴이 떠오릅니다. '음악' 이라는 과목에 가치를 불어넣어 보석으로 빛나게 만들어 버리는 선생님. 아직도 음악 수업에 열정을 쏟으시는 그 모습이 눈앞에 훤하답니다. 저도 교사가 된다면 그럴 수 있을까요? 밝고 건강한 모습 그리고 좋은 모습만 선생님께 보여드리고 싶은 마음에 많은 시간이 지난 지금에서야 용기를 내서 편지를 쓰게 되었습니다. 지금이 꼭 그런 모습이 아니더라도 전 이제 정신적으로 많이 건강해졌습니다. 그때 흘린 눈물은 아마 1리터도 넘을 것입니다. 하지만 아픈 만큼 성숙해진 것 같습니다. 선생님이 곁에 있었기에 가능했던 기적입니다. 고등학교 때 죽음을 꿈꿨다면 이제 전 행복을 꿈꿉니다. 제 자신과도 그렇게 약속했습니다. 앞으로 자주 연락하겠습니다."

가슴이 떨려오는 편지였다. 날아갈 것만 같았다. 희연이가 잘 지낸다는 말에 안도했고 이젠 행복을 꿈꾼다는 말에 그만 눈물과 감사가 터져 나왔다. 내 인생에 이렇게 뿌듯한 순간이 또 있을까! 교사로서 이보다 더 보람된 일이 어디 있을까!

주여, 감사하고 또 감사 합니다.

Harmony

2장

노래하는 학교

높은음자리로
그리는
행복한 세상

통합수업

안개비가 오락가락하더니 세찬 비바람으로 변해 창문 안으로 빗방울이 튕겨져 들어온다. 속히 창문을 닫고 나니 습하고 답답한 기운이 음악실을 가득 메우고 있다.

특수학급에 배정된 아이들은 초등학교 시절부터 일반학교에서 통합수업을 받아온 아이들이다. 책에 얼굴을 바짝 대야만 보이는 1학년 혜란이는 1급 시각장애를 앓고 있다. 잘 보이지 않아서 아이들과 같은 수업을 감당해낼 수가 없는데도 합창부에 들어오고 싶어 했다. 다행히 음감도 있고 모든 것을 귀로 듣고 금세 따라 해서 혜란이를 합창단의 알토파트로 받아들였다.

하지만 눈이 피곤해서인지 연습시간에 자주 불참해 결국 고정멤버에서는 빠져버렸다. 그래도 연습의지가 생길 때마다 찾아오는 혜란이를 위해 듣고 따라 부를 수 있도록 지도해 주었더니 마침내 다른 단원들과 함께 청소년 합창제까지 출연하였다.

퇴근길에 롯데리아를 지나가는데 2학년 합창부 수연이가 뛰어나오면서 반갑게 아는 체를 했다.

"선생님, 어디가세요?"

"안녕? 혜란이와 같이 있니?"

"네."

"선생님, 초코 케이크 좋아하세요? 좋아하시면 혜란이와 제가 만들
어 보려구요."

"그런 것도 만들 수 있어? 대단한데?"

"고맙지만 괜찮아. 시험기간이니까 공부 열심히 해라. 잘 가라."

"네. 안녕히 가세요."

2학년 수연이는 혜란이를 따라다니며 잘 챙겨준다. 1학년 합창부원
들에게도 혜란이를 잘 부탁한다는 인사말을 남기는 고마운 아이다.

교무실에 들어서니 못 보던 작은 허브 화분이 책상에 놓여 있었다.
자세히 들여다보니 특수학급 담당 선생님의 작은 메모가 붙여져 있
었다.

"선생님, 혜란이에게 합창지도를 해주셔서 감사합니다."

특수학급실에 들러 선생님을 찾았더니 석이와 혜란이가 함께 학습
을 하고 있었다.

"선생님, 감사합니다. 이렇게 안하셔도 되는데 죄송하네요."

"아니에요. 제가 감사하죠."

"석아, 안녕?"

"선생님, 우리 혜란이가 최고예요."

늘 인사성 좋고 매사에 열심히 하는 석이는 혜란이가 합창부 활동을
하는 것이 매우 자랑스러웠나보다. 정신지체 장애를 가진 석이는 선생
님들과 친구들에게 사랑을 듬뿍 받고 있는 친구이다. 언제나 학교 교문
을 들어서면서부터 밝은 얼굴로 90도 각도로 고개를 숙이고 큰소리로

인사한다. 반 친구들과도 함께하는 것을 좋아하여 친구들이 자율학습을 끝낼 때까지 기초한자쓰기 연습을 하며 기다릴 때가 많다. 초등학교부터 함께해왔던 친구들 역시 석이 보살피기를 서로 자청하고 있다.

이제 장구수업이 막바지에 올랐다. 수행평가 한 주 전이라 그런지 이젠 세마치, 굿거리, 중모리, 자진모리장단이 어느 정도 리듬이 맞는다. 석이도 오늘은 음악수업에 참여했다. 요즘은 특수학급 수업 때문에 통 볼 수가 없었는데 오늘 수업에 들어와 아이들 틈에 앉아 있었다.

"자, 교과서에 있는 장단 기호를 보고 세마치장단, 굿거리장단, 중모리장단, 자진모리장단의 구음을 한 번 읽어볼까요?"

"덩 덩덕 쿵덕, 덩 기덕 쿵 더러러러 쿵 기덕 쿵 더러러러, 덩 기덕 쿵 덕기덕덕 쿵 쿵 기덕 쿵 덕기덕덕, 덩 덩 덩 더 쿵."

"네, 잘했어요. 이번에는 구음과 함께 장단으로 쳐봅시다. 장구를 가지고 있는 사람은 장구로 치고 없는 사람은 무릎장단을 칩니다."

원을 그리고 앉아서 시계방향으로 장구를 돌려가며 장단 치기가 시작되었는데 어느새 석이 순서가 되었다. 석이가 장구채를 들고 열심히 치기 시작했지만 아이들과 장단이 맞지 않았다.

"석아, 너 혼자서 한번 해볼래?"

"네."

석이는 눈을 지그시 감더니 몸을 흔들면서 자신만의 장단을 신나게 치기 시작했다.

"석아, 잘했다. 짝짝짝."

친구들의 박수 소리에 석이의 기분이 무척이나 좋아진 것 같았다.

마치는 종이 울렸다. 반장이 일어나 "차렷, 경례."를 외치자 아이들은 인사를 하고 일제히 음악실을 빠져나갔다. 그런데 석이가 돌아가지 않고 쭈뼛거리며 서 있었다.

　"석아, 무슨 할 말 있니?"

　"차렷, 열중쉬어, 차렷, 경례. 선생님, 안녕히 계세요."

　"그래, 인사 정말 잘하네. 잘 가라."

토마스의 한국 학교 체험

한국 학교를 체험하기 위해 6개월간 우리 학교에서 체험학습을 하고 있는 토마스는 뉴질랜드에서 온 교포 2세이다. 벌써 함께 생활한 지 2주가 넘었다. 그래서인지 이젠 제법 반 아이들과 눈빛만으로도 소통을 잘한다.

처음엔 부끄럼이 많아서 눈에 띄지도 않더니 요즘엔 수업시간에 걸리기도 잘하는 장난꾸러기로 변했다. 무슨 바람이 불었는지 토마스가 머리를 완전히 밀어버려 빡빡이가 되어 학교에 나타났다. 아이들 틈에 끼여 정신없이 축구를 하는 토마스의 머리가 햇빛을 받아 반짝거렸다. 이젠 거의 한국 학생이 다 되어버렸다.

음악수업 시작종이 쳤는데도 토마스가 한참 떠들고 있었다.

"Tomas, Hands up!"

"Why?"

친구들이 옆에서

"You talked loudly…… 음 punish…… punish"

"Oh! punish?"

토마스는 장난기가 가득한 웃음을 지으며 손을 번쩍 들었다.

세계의 민요나 pop song 중 1곡을 선택하여 합창하는 단체 수행평가 실시로 인해 토마스 반에서도 열띤 토론이 벌어졌다. 결국 가수 현영이 우리말로 번안해 불렀던 '누나의 꿈'이 당첨되었다. 원곡은 듣기만 해도 처음부터 배꼽을 잡는다.

'마이야 히~ 마이야 후~ 마이야 하~ 마이야 하 하~'

그런데 반주를 어떻게 할 건지가 문제였다. 아이들은 묘안을 짜냈다. MR 반주에 드럼을 집어넣기로 하고 영어 가사가 많은 부분은 토마스가 솔로로 하는 것이 좋겠다는 의견이 모아졌다.

"Tomas, Can you play solo?"

"No, I can't. My voice is very low."

토마스는 얼굴이 빨개진 채 사양을 했다.

"You can do it."

"No."

"You must solo."

"Oh No."

결국 토마스는 기분 나쁜 표정으로 나가버렸다.

토마스가 너무 싫어하는 것 같아서 모두 걱정이었다. 토마스가 안 하려고 하면 다른 대책을 세워야 했기 때문이다. 그런데 그렇게 발을 빼던 토마스가 혼자 솔로 연습을 하고 있었다. 멀리서 들어보니 꽤 괜찮다. 내 앞에선 안 하려고 그렇게 빼더니 진짜 하기 싫었던 것이 아니었나 보다. 사실 완벽한 발음의 토마스가 아니면 누가 이 역할을 하겠는가! 결국 토마스는 솔로를 맡게 되었다.

마침내 음악실에서 수행평가가 시작되었다. 작은 음악실이지만 대기 장소와 무대를 구분하여 입장하게 하였다. 입, 퇴장의 매너와 복장, 곡에 따른 안무 그리고 연주 태도를 A, B, C로 심사하는 것이었기에 아이들은 그 어느 때보다 긴장이 되어 있었다.

드디어 입장이 시작되었다. 평소에 티셔츠 차림이 많았던 반이었지만 평가를 받던 날 만큼은 모두 교복을 제대로 갖춰 입고 절도 있게 입장을 했다.

이어서 지휘자가 나와 정중하게 인사를 했다.

컴퓨터에 앉아 있던 MR 반주자에게 눈짓을 하자 음악이 흘러나오기 시작했다. 노래는 코믹한데 아이들의 표정은 심각하기만 했다.

"마이야 히~ 마이야 후~ 마이야 하~ 나이야 하 하~……"

이윽고 토마스의 솔로 순서가 되었다. 토마스는 낮은 목소리에 눈을 크게 뜨고 부르기 시작했다.

"알로? 살루? 시비예음 운 하이 둑?"

가사에 따라 절로 나오는 익살스런 표정에 결국 참지 못하고 웃어버렸다. 아주 재미있는 연주였다.

노래가 끝나자 지휘자가 나와서 솔로를 인사시킨 후 다 함께 인사를 하며 멋지게 퇴장을 했다. 자리에 돌아온 아이들은 뭐가 그리 재미있는지 박장대소하고 있었다.

"자 조용히 하세요. 이제 점수를 발표하겠습니다. 두구두구두구~ 점수는……?"

"하하하하하"

"A입니다."

"와~!" 하며 아이들의 입에서 환호성이 터져 나왔다. 예상은 했겠지

만 막상 A를 받고나니 감격스러웠나 보다. 함께 이루어낸 기쁨이 만족
감으로 이어져 아이들은 하나가 되었다. 토마스도 씨~익 웃었다.

2학년 '음악과 생활' 시간의 공개수업

이번 본시 교수, 학습과정안은 이스라엘 합창곡 'Joy in Jerusalem' 이었다.

평소 풍부한 음악성을 가지고 있는 우리 반 아이들 이었기에 수준별 심화 과정으로 합창을 택했다.

피아노로 연주하는 체조음악에 맞추어 워밍업을 시작하자 대여섯 분의 선생님들이 음악실로 들어오셨다. 선생님들도 건강을 위해 음악 체조를 함께 따라하시라고 권유를 했다.

이어서 5분 발표가 시작되었는데 먼저 지선이의 반주에 윤정이가 슈베르트의 독일가곡 '봄의 기다림' 을 연주하였다. 다음 순서로 '세레나데-하얀 집' 중창이 이어졌고 기습곡 제창에서는 이번 주 반주자인 화평이의 반주에 맞추어 '쉘부르의 우산' 을 제창했다.

'If takes forever I will wait for you'

영원 동안이라도 난 당신을 기다리겠어요.

애절하면서도 아름다운 이 곡은 가슴에 스며드는 곡이다.

악보를 나눠드려서인지 선생님들도 따라 부르셨다. 새롬이와 슬기가 함께 파트를 넣어 연주를 하자 나도 화음에 끼어들었다.

마침내 제재곡인 'Joy in Jerusalem'에 대한 설명을 시작했다.

"'Joy in Jerusalem'은 1993년 9월 13일 미국 백악관에서 팔레스타인 자치에 관한 원칙선언에 서명하여 중동 분쟁의 가장 핵심적인 당사자인 이스라엘과 팔레스타인이 평화협정을 맺어, 공존의 길에 들어서게 한 협정을 축하하기 위해 만들어진 곡입니다. 이스라엘은 '하나님이 싸워주심'이라는 뜻을 가지고 있으며 히브리어, 아랍어, 영어가 통용되고 있는데 이스라엘 음악의 특징은 단조를 주로 사용하는 우수 어린 동양적인 음색과 고음 에서 자연스럽게 꺾어 내리는 창법을 사용하고 있습니다. 이 곡은 두 대의 플룻과 함께 합창이 어우러지는 곡입니다. 그럼 두 대의 플룻 연주를 먼저 들어볼까요?"

악보를 몇 번 보지도 않고 연습했는데 세련이와 현정이가 플룻 앙상블을 매우 잘 이루어냈다.

"앙상블이 정말 아름답죠? 이번에는 세 파트로 나누어 합창을 해봅시다."

지난 시간에 파트별로 한번 불러보았는데도 엉망진창이었다. 아이들도 쑥스러운지 서로의 얼굴만 바라보며 웃고 있었다.

"다음은 이스라엘과 팔레스타인 평화 협정식에서 불렸던 이스라엘 모란 합창단의 'To Give'를 소개하도록 하겠습니다. 삼엄한 두 나라의 경비 속에서도 모란합창단의 간절한 공연은 차가운 시선의 어른들까지 녹였다고 합니다. 음악으로는 하나가 되었지만 이내 돌아서야하는 그들의 모습은 마치 남북으로 갈려진 우리 민족을 보는 것 같습니다. 선생님이 비디오 테이프를 가지고 있지 못해 그때 영상을 보여주지 못하는 대신 CD를 들으면서 그 장면을 한번 상상해보시기 바랍니다."

비록 그 자리에 있지는 않았지만 그 상황의 감동이 아이들에게 그대로 전해졌는지 설명과 감상을 한 후의 아이들의 연주는 많이 달라졌다. 플룻 이중주와 함께 한 합창은 감동이 흐르고 있었다. 마지막 박수를 치며 '샬롬(평화)'을 외치는 아이들.

공개수업이었지만 감동적이고 가슴 뿌듯한 수업이었다.

라 스파뇨라' 수업 시나리오

그럼 이제부터 소질 계발을 위한 개인발표로 작은 음악회를 열도록 하겠습니다.

오늘의 첫 순서는 장구의 이○○양 입니다. 박수로 맞아주세요.

독창 (김○○), 피아노(손○○)

작지만 아주 정성스런 친구들의 무대였죠? 아주 멋진 모습이었습니다. 그러면 오늘의 학습목표를 알아보도록 합시다.

다함께 읽어봅니다. 힘차게 읽은 후 악곡분석 질문 후 손들기

– 칸초네, 스파뇨라의 뜻 (서○○)

– 빠르기 (이○○)

그럼 한번 가사를 붙여서 전시에 배웠던 '라 스파뇨라'를 불러볼까요?

음악책을 들고 노래합시다.

'라 스파뇨라' 반주 (교과서 피아노)

이 곡은 같은으뜸음조로 되어있습니다. 같은으뜸음이 무엇일까요? 누가 한번 대답해볼까요? ○○가 대답해보세요.

(같은음을 으뜸음으로 한 장조와 단조와의 관계조)

아주 잘 말해주었습니다. 피아노로 다가가 '고향의 봄' 으로 장단조로 바꾸어 설명한다.

악곡분석을 보고 그럼 이 곡의 조성은 무엇으로 되어있을까요?

반주는 라장조 노래 들어가면서 라단조로 바뀌다 나중에 라장조로 바뀌고 있습니다. 그럼 칠판에 그려진 라단조와 라장조의 음계와 건반 짚기를 해볼사람?

홍○○와 김○○ 나와서 풀어보세요.

아주 잘했죠? 그럼 피아노로 와서 직접 라단조를 쳐봅니다.

네 아주 잘했습니다. 다시 한번 박수 부탁해요.

그럼 이제 책을 보세요. 오늘은 이탈리아 원어로 읽는 연습을 해보겠습니다. 모두 따라 읽어주세요. 아주 잘 읽네요. 그럼 이제 반주에 맞추어 원어로 읽어봅시다. 이 곡의 반주를 해볼 사람?

손○○ 나와서 피아노 반주를 해보세요.

셈여림을 살려서 노래를 합시다. p, f를 잘 살리도록 합니다.

자 이 곡은 겹세도막 형식으로 되어있습니다. 겹세도막이 무엇인지 아는 사람?

임○○ 학생 나와서 설명하고 악보에 나뉘는 부분을 스티커로 붙여주시고 A,B,C 를 붙여주세요.

(세도막 형식 속에 두도막이나 세도막으로 나뉘어진것) 아주 잘했습니다.

그럼 왈츠의 빠르기를 느껴보기 위해 왈츠를 감상해보도록 하겠습니다. 3박자 지휘를 오른손으로 음악에 맞추어서 한번 해봅시다. 지휘해볼 사람?

황○○학생 나와 지휘 해보세요.

그럼 친구의 지휘에 맞추어 원어로 노래해봅시다.

아주 잘했습니다.

그럼 다음은 모둠발표를 해보도록 하겠습니다. 각 모둠은 준비해 주시기 바랍니다.

1모둠(노래, 타악기), 2모둠(같은으뜸음조), 3모둠(랩)

네 정말 대단합니다. 특히 마지막 조는 압권이었는데요. 모둠별로 아주 창의적인 연주였습니다.

그럼 지금까지 배웠던 '라스파뇨라'를 ○○반주와 ○○의 지휘로 셈여림을 살려 원어로 다시한번 제창해봅시다. 지휘자 반주자 나와주세요.

오늘 정말 잘해주었어요. 그럼 아까 나눠준 형성평가를 풀어보도록 합니다.

다 풀었으면 파워포인트를 보고 대답해봅니다.

다음시간엔 구노의 아베마리아 음정을 익혀오도록 합니다. 수고하셨습니다.

반별 음악회

수업 시작 15분을 넘기기가 무섭게 책상에 엎드리거나 떠드는 아이들을 잠재우지 않을 수업 방법은 어떤 것이 있을까! 아이들을 관찰한 결과 반항 없이 유일하게 참여하는 것이 있다면 내신을 위한 평가와 관련된 수업이었다.

그래서 음악 수행평가 발표 수업 중 '반별 음악회' 조항을 삽입했다.

"이번 학기말에는 수행평가로 반별 음악회를 개최하도록 하겠습니다. 한 학기의 마지막을 음악으로 마감하게 되는 거죠. 시청각실에서 발표회를 하게 되며 담임선생님들을 비롯해 친구와 선생님들을 초대할 수 있습니다."

"선생님 소설을 너무 많이 보신 거 아니에요? 우리들한테 너무 큰 걸 바라시네요. 불가능한 일이에요."

"아니야 할 수 있어. 감동적인 시간이 될 거야."

"책임질 수 있으세요?"

"그래, 내가 책임질게. 선생님을 한번 믿어봐. 그런데 반드시 반 전체가 참여해야 한다는 것이 특징이야. 참여도에 따라 우수, 보통, 미흡으로 평가되는 거지. 자, 다음 평가규정을 잘 살펴보세요."

평가규정 (A-우수, B-보통, C-미흡)

A - 반 전체가 창의적 역할분담을 통해 조화롭게 참여하며 발표와 관람 태도가 우수하다.

B - 반 전체가 창의적 역할분담을 통해 참여하며 발표와 관람 태도가 보통이다.

C - 반 전체가 역할분담을 통해 참여하나 발표와 관람 태도가 미흡하다.

"꼭 반 전체가 다 참여해야 하나요?"

"네. 그렇죠. 반 전체가 같은 점수를 받는 것이니만큼 협동이 되지 않으면 점수가 내려가겠죠?"

반 점수가 내려간다는 말에 신경이 쓰이는지 아이들은 서로를 쳐다보며 말했다.

"야. 하기 싫어도 반을 위해 해야 한단다. 한번 해보자."

"50분 수업이니만큼 준비시간 5분, 음악회 발표 40분, 마지막 5분간은 사진촬영 시간으로 짜주세요. 이제부터 음악회 연습을 음악 시간마다 하겠어요. 한 달간은 10분씩, 나머지 한 달간은 20분씩 알겠죠? 그럼 두 달 후에 시청각실에서 발표하도록 하겠습니다. 먼저 이번 시간은 자신이 하고 싶거나 함께 하고 싶은 분야에 대해 토론하는 시간을 갖도록 하겠습니다."

"어떤 종류들이 있는데요?"

"창의적인 역할분담 내용으로는 연주나 발표 파트가 있겠죠. 성악이나 대중음악 종목의 솔로나 독주, 중창, 중주, 음악 감상 소감 발표, 아카펠라, 뮤지컬, 댄스, 합창, 콩트 등이 있겠고요. 될 수 있으면 남이 하지 않는 종목을 택한다면 보는 사람이 더욱 즐거운 음악회가 될 것 같습니다."

"아무래도 전체 합창은 마지막에 넣는 것이 좋겠죠?"

"연주나 발표 말고는 어떤 것들을 할 수 있나요?" "아, 좋은 질문입니다. 사회자가 있겠죠. 또 음악 프로그램 짜기 및 초대장을 만드는 친구가 있어야 하겠구요. 당일 초대 손님 안내 도우미도 필요합니다."

"선생님 저는 사회자 할래요. 그런데 둘이 해도 되나요?"

"당연하지."

"애들아, 나 사회자 뽑아줘."

"나두."

아이들의 반응이 시큰둥했다. 하지만 별다른 사회자가 나타나지 않자 희망자 두 명이 사회자로 뽑혔다.

"선생님, 저는 안내 도우미 할래요."

"잘 생각해보고 결정해라."

순조롭게 모두 자신이 하고 싶은 일들을 찾아가고 있었다.

"음악회 프로그램은 어떻게 짜는 거예요?" "일단 너희 반만의 특색을 살리는 것이 중요하니까 다른 반에는 비밀이다. 사회자가 각 팀의 발표 내용과 연주시간을 먼저 조사하는 것이 좋겠지."

사회를 맡은 두 명이 일어나더니 교실을 돌면서 각자 원하는 공연 발표 종목과 예상시간을 적어서 내게로 들고 왔다.

"선생님, 프로그램을 어떤 순서로 짜는 것이 좋을까요?"

"전반부엔 조용하거나 무게가 있는 발표로 시작하여 후반부로 갈수록 흥이 고조되는 프로그램이 좋을 것 같다."

"네 한번 짜볼게요."

둘이서 머리를 맞대며 한참을 고심하고 있는 눈치였다.

잠시 후 또 질문이 들어왔다.

"선생님, 그럼 노래하는 아이들의 음악 반주는 어떻게 해요?"

"그러니까 당연히 음향 담당이 있어야 되겠지? 음향 담당은 MR이 필요한 친구들에게 파일을 미리 받아서 USB에 담아놓고 연습할 때나 발표할 때 음악을 도맡아서 해줘야 해. 발표회 날 배경음악까지 준비하면 금상첨화겠지?"

말이 떨어지자마자 여기저기에서 손을 들며 "제가 그거 할래요." 한다.

요즘 아이들은 컴퓨터를 워낙 좋아해서 음악을 자르고 편집하는 일들을 겁내지 않는다.

"조명 담당도 있어야지. 비록 형광등이지만 곡의 분위기에 따라 빛의 밝기를 조절할 수 있잖아. 그럼 완전히 새로운 분위기가 되지 않겠니? 조명을 한번 맡아볼 사람?"

"저요"

"저요"

역시 여기저기에서 서로 해보겠다고 야단이었다.

거의 다 자신의 할 일들을 찾아가고 있었다. 그런데 아직 자신의 일을 못 찾은 아이들이 갑자기 대단한 것이라도 찾은 양 손을 들었다.

"선생님 초대장 만들기는요?"

"일시와 장소를 적어 예쁘게 디자인해서 만들어야지."

"그거 우리 세 명이 할게요. 초대 손님은 어떻게 할까요?"

"담임선생님을 중심으로 한 선생님들과 한 반 정도 다른 반을 초대
할 수 있겠지. 초대장은 발표 하루 전에 직접 찾아가서 드려야 한단다.
자, 그럼 각자가 무엇을 해야 할지를 알겠지? 자신이 하고 싶은 일이
더 있는지 한번 찾아봐."

각자 뭘 해야 할지 아이디어가 떠오르는 모양이었다. 음악실이 소란
해지기 시작했다.

감동 미션

"오늘은 음악회를 하는 데 있어서 가장 중요한 두 가지 '미션'을 발표하겠어요."

"또 뭔데요."

"첫 수행과제는 '담임선생님을 감동시켜라' 입니다. 음악회에 담임선생님을 반드시 초대하세요."

"우리가 노력해도 감동 안하시면요."

"여러분만의 감동 이벤트를 준비해야 합니다. 방법은 여러 가지가 있겠죠. 뭐 편지나 영상을 이용해도 괜찮고, 어떤 창의적인 방법도 괜찮으니 한번 생각해보세요. 또 다른 하나의 미션은 여러분의 친구들을 감동시키는 것입니다. 역시 친구 한 명을 감동시켜도 되고 반 친구 모두를 감동시켜도 됩니다. 고민해보세요. 단 비밀로 해서 발표는 당일에 합니다."

"에이 씨, 왜 그딴 걸 해야 해요? 안하면 어떻게 됩니까?"

"감동 이벤트가 이 음악회의 핵심입니다. 따라서 이 미션을 수행하지 않는 반은 최하점을 받게 됩니다."

아이들의 불만스런 목소리로 교실이 술렁이기 시작했다.

"모두 어떻게 할 건지 각자의 역할이 정해지면 사회자가 정리해서 가져옵니다."

악기 팀이나 중창 팀이 결성되자 아직 결정하지 못했던 아이들도 팀에 합류하기 시작했다. 5분이 채 못 되어 아이들은 다시 의논하던 일들을 내팽개친 채 떠들고 장난을 치기 시작했다. 아마도 고민하는 일이 쉽지 않았으리라.

하지만 고삐를 늦추지 않았다.

"다음 시간부터 연습에 대한 평가를 기록하겠습니다. 시간을 알차게 보내지 않아 ×가 나오는 팀이 많으면 당일 좋은 공연을 했다 할지라도 반 점수가 낮아집니다. 그러니 성실하게 연습에 참여해주세요."

반 점수가 낮아진다는 말에 다시 아이들이 서로 의논을 시작했다.

"야, 시간 없으니 빨리 시작하자. 합창 팀은 이리로 모여."

"오카리나 팀은 이리로 와. 우리 무슨 곡 할까?"

좁은 음악실에서는 여기저기 그룹으로 앉아서 곡을 정하거나 주제를 정하고 있었다. 피아노 독주를 맡은 아이는 전자 키보드의 소리를 낮추고 손가락을 놀리고 있고, 솔로를 맡은 아이는 MP3를 켜놓고 혼자 소리를 낮추어 중얼거리고 있었다. 오카리나 합주 팀은 각자의 파트를 정하고 있고 합창 팀도 무슨 곡을 할 것인지 탐색을 하고 있었다.

음악실 내부에선 소란스러웠지만 마이크를 대지 않아서인지 밖에서는 그리 크게 소리가 들리지 않았다. 음악실에서 자신이 하고 싶은 분야의 음악을 찾아가는 아이들의 모습은 기분 좋은 풍경이었다.

"다음 시간부터 중간 평가를 하겠습니다."

각 반 아이들이 제출한 프로그램을 가지고 중간평가 양식을 만들었다.

1학년 ○반 음악회 연습 중간평가	성적(○△×)				
	월/일	월/일	월/일	월/일	월/일
* 사회 이○○, 황○○ 1. 중창 – Heal the world, 어린신부ost 　(손○○ 외 5명) 2. 합주 – 탱고메들리, Summer night 　(피아노 이○○, 플롯 최○○, 바이올린 권○○) ★ 난센스 퀴즈 (사회자) 3. 중창 – Last christmas (최○○ 외 5명) 4. 뮤비 – Good day (강○○ 외 4명) ★ 특별 출연–학생 감동이벤트 5. 합주 – Super Mario (나○○ 외 3명) 6. 트로트 – 사랑의 배터리, 무조건 　(황○○ 외 7명) ★ 특별 출연 – 선생님 감동이벤트 8. 댄스 – boom boom pow (이○○ 외 4명) 9. 반 합창 – Must have love (전체) 　*순서정리 : 장○○　　*조명 : 정○○ 　*MR　　 : 강○○　　*카메라 : 최○○					

2학년 인문반 음악회 연습 중간평가	성적(○△×)				
	월/일	월/일	월/일	월/일	월/일
* 사회 김○○, 이○○ 1. 피아노 독주 – 학교 가는 길 (손○○) 2. 독창 – 사랑의 반대말 (임○○) 3. 합창 – 화이트 크리스마스 (1반) 4. 독창 – 그대가 올까봐 (우○○) 5. 피아노 중주 – Flying Petals (안○○, 김○○) 6. 2중창 – 그땐 그땐 그땐 (이○○, 김○○) ★ 특별 출연 – 학생 감동이벤트 (UCC) 7. 오카리나 합주 – 봄 (김○○ 외 8명) 8. 2중창 – 안부 (서○○, 우○○) 9. 댄스 – 김○○ 외 6명 10. 4중창 – 넬라판타지아 중창 (황○○ 외 3명) 11. 피아노 독주 – 케로 9데스티니 (이○○) 12. 독창 – 사랑이 그래요 (서○○) ★ 특별 출연 – 선생님 감동이벤트 13. 합창 – 선생님 사랑해요 (2,3반)					

최종 리허설

마이크 장치와 컴퓨터 그리고 빔 프로젝트가 설치되어 있는 시청각실로 자리를 옮기니 넓어서 아이들도 흡족한 눈치였다. 설마 이런 곳에서 자신들의 음악회를 열 수 있을 것이라고는 생각지도 못했던 것이다.

모두 120석 정도 되어 꽉 차게 앉으면 두세 반은 거뜬히 들어올 수 있을 것 같았다. 움직이기 힘든 피아노 대신 디지털 피아노를 구입해서 운반해 놓자 제법 그럴듯한 무대가 되었다.

음향 담당을 맡은 학생이 다소 상기된 얼굴로 컴퓨터를 켜고 USB에 담아놓은 음악 자료들을 하나씩 열어서 실행시키고 있었다. 조명을 맡은 아이도 시청각실의 전등 구조를 파악하기에 여념이 없었다. 사회자는 마이크 테스트하기 바쁘고 공연 팀들은 어디에서 입장해서 어디로 퇴장해야 하는지 열심히 의논을 했다. 평소 볼 수 없었던 열정적인 모습이었다.

반 친구들 모두가 주인공이 되는 음악회의 준비가 이제 막바지에 올랐다. 평소에 건방지고 반항하는 아이들도 순한 양으로 변했고 왕따도 없었다.

"자, 최종 리허설을 시작 하겠습니다. 사회자는 앞으로 나오세요."

사회자가 나와 마이크를 받아들고 시작을 열었다.

"안녕하십니까? 오늘 사회를 맡은 김○○, 이○○입니다."

아이들의 반응이 별로 없었다.

"컷. NG야. 이 대목에서 함성과 박수가 나와야지."

그제야 알았다는 듯이 아이들은 박수를 쳤다.

"다시 해보자. 큐!"

"안녕하십니까? 오늘 사회를 맡은 김○○, 이○○입니다."

"와~ 짝짝짝."

아이들의 함성과 박수가 쏟아졌다.

마침내 사회자의 멋진 소개와 함께 능숙한 솜씨의 피아노 독주가 진행이 되었다. 탄력 받은 아이들이 환호성을 지르고 있었다. 그러나 몇 팀 못가서 실수를 연발하자 다시 흐름이 끊겼고 아이들은 산만해지기 시작했다.

리허설을 잠시 끊고서 마이크를 잡았다.

"애들아, 이제 주사위는 던져졌어. 지금까지 연습한 것만 무대 위에서 안 떨고 잘하면 돼. 그런데 문제는 연주자가 아니라 너희들의 관람 태도란다. 남의 잔치에 들러리 서는 것이 아니라 우리 잔치에 우리 모두가 주인공이 되는 거야. 그러니까 친구들이 노래를 하다가 가사를 잊어버리면 함께 불러줘야지. 분위기 있는 발라드풍의 노래가 나오면 손을 흔들면서 분위기도 맞춰주고, 신나는 순서가 되면 소리를 질러 분위기를 띄우는 거야. 어때?"

아이들이 고개를 끄덕였다.

"사회자는 분위기를 봐가며 관객의 분위기를 몰고 가야겠지? 할 수 있겠지?”

“네.”

“평가는 여기까지란다. 음악회의 준비 과정과 감동 이벤트 그리고 관람 태도까지. 음악회가 끝나고 마지막 사진 촬영까지 끝내고 나면 그때 점수를 발표할 거야. 자, 그럼 계속해서 다음 공연으로 이어가겠습니다. 사회자! 레디~ 고우!”

다시 리허설을 이어가니 관람에 임하는 아이들의 태도가 완전히 달라졌다. 연주자의 열연도 좋아졌지만 무엇보다 환호와 격려가 이어진 관람 태도는 음악회의 분위기를 한층 업시키며 연주자는 물론 보는 사람으로 하여금 감동과 재미를 선사했다.

처음 시작할 때 귀찮아하고 싫어하던 모습들이 떠올랐다. 하지만 그 과정을 이겨내고 최종 리허설까지 오니 아이들도 무엇인가 느껴지는 것이 있는 것 같다.

한편 다음 시간에 있을 음악회를 대비하여 손님을 초대하고 안내하는 도우미들은 본격적인 초대장을 만들기 시작했다 선생님들께 찾아가서 적극적인 음악회 홍보 공세도 시작되었다. 어떤 반에서는 다과까지 준비하는 등 비밀리에 감동 이벤트를 준비하고 있었다.

모두 아홉 반에서 음악 수행평가가 진행되었기에 다른 반 공연에 대한 기대치와 관심 또한 최고조였는데 그래서인지 서로 반을 초대해 달라는 실랑이가 여기저기서 벌어지고 있었다.

모두가 주인공이 된 음악회

두 달간에 걸쳐 음악시간마다 조금씩 연습했던 총 아홉 반의 음악회 수행평가가 마침내 시작되었다. 음악회를 시작할 반 아이들의 얼굴이 상기되어 있었다.

안내 도우미는 시청각실 앞 두 줄을 선생님들 자리로 비워놓고 각 자리마다 음료수와 간단한 다과를 올려놓기 시작했다. 모든 준비가 끝나자 음향을 담당하는 아이가 신나는 배경음악을 틀기 시작했다.

드디어 경쾌한 음악 소리에 맞추어 기분 좋게 선생님들과 아이들이 입실했다. 이 반은 반장과 부반장이 초대장을 만들고 홍보를 해서 그런지 교장선생님을 포함해서 초청에 응한 선생님이 무려 20여 분이나 되었다. 이미 자리가 다 차버린 시청각실 밖에서는 초대받지 못한 반들이 발을 동동거리며 아쉬워했다.

뜨거운 열기로 가득 차버린 시청각실.

음향담당자에게 사인을 주자 음악 소리가 줄어들었고 무대엔 중앙 조명만 켜졌다. 사회자가 입장했다. 들뜬 관객들은 환호성을 질렀다.

"안녕하십니까? 오늘 사회를 맡은 황○○, 신○○입니다."

"우와~ 짝짝짝!"

시청각실을 메우는 힘찬 환호성이 터져 나왔다.

"오늘 첫 번째 순서로는 이○○ 양의 피아노 독주가 있겠습니다. 연주곡목은 '학교 가는 길' 입니다. 여러분, 뜨거운 박수로 맞아주세요."

이○○가 발그레하게 상기된 얼굴로 예쁘게 인사를 하며 디지털 피아노에 앉았다. 평소 무대에서 인사하는 연습을 많이 했던 합창부원이라 그런지 인사가 아주 자연스러웠다.

실수 없이 잘 마치자 아낌없는 환호의 박수가 이어졌다.

"여러분 어땠나요? 굉장한 피아노 솜씨였죠?"

"네~ 짝짝짝."

"그럼 다음을 소개하죠. 오카리나 중주 순서가 되겠습니다. 박○○외 3명이 준비했다고 하는데요, 음악시간에 배웠던 러시아 곡 '꽃의 계절' 을 합주한다고 하는군요. 기대되지 않으시나요? 나와~주세요."

파트를 나눈 오카리나 합주의 화음이 아름답게 울려 퍼졌다. 곡이 점점 흥겨워지자 아이들이 박수를 치기 시작하며 흥을 돋웠다.

다음은 노래 잘하기로 소문난 박○○의 솔로 순서였는데 관람석에서는 벌써부터 환호와 함께 'Loving Loving You!' 를 외치기 시작했다.

관중을 흡입하는 가창력과 호소력이 가수 장윤정을 보는 듯했다. 수업시간마다 반항적이거나 자신을 드러내지 않던 아이였기에 선생님들의 놀라움은 더욱 컸다. 그런 소질을 가지고 있을 줄 누가 알았으랴!

이어서 첫 번째 감동미션이 펼쳐졌다. 사회를 보고 있던 친구에게보내는 편지였다.

"○○야, 생일 축하해. 이렇게 내가 나와서 깜짝 놀랐지? 네가 기뻤으면 좋겠다. ~중략~ 중학교부터 지금까지 우린 함께 해왔지만 시간이 흐를수록 너와의 우정이 더욱 소중하게 느껴지는구나. 그동안 함께 해줘서 고마워. 사랑~해~"

읽기를 마치자 사회를 보던 친구에게 편지를 건네며 포옹을 했다.

"와~ 좋겠다." 하며 아이들이 감탄사를 연발한다.

"여러분 감동적인 순간이었죠?"

"네."

"○○ 양은 행복하겠어요?"

"네, 저도 너무나 행복했답니다."

"그럼 다음 순서를 소개해야 되겠죠? 이어지는 순서는 김○○ 외 4명이 펼치는 중창입니다. (두 사회자가 목소리를 높여) must have love~, 여러분, 뜨거운 박수 부탁드립니다."

이윽고 다섯 명의 노래와 댄스가 시작되었다.

"함께 있단 이유로 행복했었던 우리 둘의 겨울날에 소중한 기억들 좋은 날엔 언제나 네가 있기에 잊을 수 없는 memories"

예쁜 안무와 감동적인 가사 내용에 따뜻한 미소가 절로 피어났다.

다음 순서 역시 안무를 넣은 중창이었는데 주로 합창부원으로 결성되었다. 가요 '깊은 밤을 날아서'와 '사랑을 아직 몰라'를 메들리로 엮어 먼저 피아노 반주를 만들고 녹음한 후 그 CD에 맞추어서 춤추며 노래를 하는 것이었다.

대단한 음악적인 잠재력을 보이고 있는 아이들이었다.

이쯤해서 새로운 무대가 필요했다. 그래서 등장한 프로그램이 '개

그’였다. 책걸상 3조가 앞에 배치되자 벌점이 높아 담임선생님께 매일 불려 다니던 아이들이 차례로 무대에 올라왔다. 지난 시간까지만 해도 댄스를 하겠다던 아이들이었다. 조금 전까지 한 명이 안보이더니 음악회 직전에 팀에 합류했다.

별 기대 없이 ‘개그’가 시작되었다.

그런데 반전이었다.

지각을 도맡아하는 아이들의 연기가 장난이 아니었다. 선생님들의 기가 막힌 성대모사로 웃음바다를 만드는가 하면, 엄마도 안 계시고 지각도 자주 하는 편이지만 정직하게 살아간다는 가슴 뭉클한 이야기로 관객들의 공감대를 형성했다.

평소에 문제 행동으로 불려 다니던 그 아이들의 잠재된 소질과 끼는 그 자리에 있었던 여러 선생님들과 아이들에게 새로운 인식을 심어주고도 남았다.

마침내 선생님 감동 이벤트가 시작되었다.

담임선생님을 어떻게 감동시킬 것인지가 무척 기대가 되었다.

조금 전에 개그를 보여주었던 친구 중 두 명이 앞으로 나왔다. 거친 행동과 반항으로 하루가 멀다고 불려오던 아이들이었던지라 더욱 놀라웠다.

“아~ 아~ (음악 반주가 흐르고 있다)”

“중학교 때부터 선생님을 알고 지내왔지만 그때도 그렇고 지금까지도 속만 썩여 드려서 죄송합니다. 그동안 저 때문에 속상하셨죠? 하지만 저는 선생님이 우리 반 담임이셔서 너무나 좋았습니다. 모두 제가 잘되라고 야단치시는 거 잘 알고 있습니다. 제가 말썽을 너무 많이 피워 무사히 학교를 졸업할 수 있을지는 모르겠지만 만일에 졸업할 수 있다면 그때 꼭 다시 선생님을 찾아오겠습니다.”

이어서 호소력 있는 노래를 불렀던 ○○가 계속해서 편지를 읽어 내려갔다.

“전 지금까지 선생님처럼 훌륭하신 분을 본 적이 없습니다. 선생님은 저의 멘토이시며 최고의 담임선생님이십니다. 제가 커서 연예인이 되어 성공하게 된다면 ‘TV는 사랑을 싣고’에 출연하여 꼭 선생님을 찾겠습니다.”

끝자리에 앉아서 눈물을 훔치시는 담임선생님이 보였다. 함께했던 선생님들도 눈물을 글썽이는 감격적인 순간이었다.

음악회로 인해 선생님과 아이들이 소통할 수 있게 된 것이었다. 감동은 여기서 끝이 아니었다. 잔잔한 피아노 반주가 흐르자 반장인 가영이가 어둠 속에서 불붙인 초를 케이크에 꽂아 선생님께로 다가가자 아이들은 노래를 시작했다.

그대 내게 소중한 사람, 늘 기쁨이 되었죠.
언제나 그대 곁에 함께 할 사랑 드려요.
요즘 들어 지친 그대.
영원히 놓지 않을 내 사랑 모두 드려요.
그대 내게 소중한 사람 늘 기쁨이 되었죠.

“너희들을 영원히 못 잊을 거야.”
담임선생님은 참았던 눈물을 터뜨렸다.

 높은음자리로 그리는 행복한 세상

춘추복으로 복장을 통일하고 가사에 맞는 안무까지 곁들여 부르는 아이들의 노래는 무척 아름다웠다.

마지막으로 담임선생님과 함께 사진 촬영이 시작되었다. 사진을 찍는 아이들과 선생님의 얼굴엔 웃음꽃이 피어났다. 그동안 상처받았던 모든 순간들이 이젠 아름다운 추억으로 남을 것이다.

내게 다가와 "선생님, 감사합니다. 모두 선생님 덕분입니다." 하시는 담임선생님과 아이들을 보니 참 감사했다.

"내년엔 서로 담임 하려고 하겠는데……." 하시며 부러운 시선을 보내시는 선생님들의 모습에서 행복함이 느껴졌다.

교장선생님께서도 선생님과 학생이 서로를 이해하게 되고 자신의 소질을 마음껏 발휘할 수 있는 이런 기획이 정말 좋은 것 같다고 하셨다.

내가 꿈꾸던 음악회가 바로 이런 것이었다. 소질 계발의 장이기도 하고 교사와 학생 모두가 서로를 이해하며 하나가 될 수 있는 음악회.

음악은 '생명의 에너지'이다. 살아갈 수 있게 하고 행복하게 할 수 있다. 음악으로 행복지수를 높일 수 있도록 하는 것이 우리 음악교사들의 몫이다.

행복지수를 높이는 평가

2009학년도 신입생부터 학생기록부 평가방식이 3단계(우수, 보통, 미흡) 절대평가에 서술식 평가를 보완하는 방식으로 바뀌었다.

지필평가 및 수행평가의 반영 비율 환산 점수의 합계(성취율)에 따라 80% 이상~ 100%는 '우수', 60% 이상~80% 미만은 '보통', 60% 미만은 '미흡'으로 등급을 나누게 된다.

내 경우에는 학년, 성별, 성취 욕구에 따라 즐거운 음악시간이 될 수 있도록 매년 새로운 방법의 수행평가를 시도해 보며 문제점들을 파악해 보완해 나가고 있다.

실패가 두려워서 다양하고 새로운 수행평가를 시도해 보지 못한다면 결코 보다 발전적인 수업은 불가능할 것이다.

다음은 필자의 지필 및 수행평가 내용이다.

1. 성적산출

지필 및 수행평가는 각 100점을 만점으로 하여 반영비율을 적용하여 점수의 합계(성취율)에 따라 등급으로 결과를 산출한다.

평가구분	지필평가	수행평가	합계
배점	100점	100점	100점
반영비율	20%(30%)	80%(70%)	우수, 보통, 미흡

2. 수행평가 영역 및 배점

영역은 집중이수제에 따른 학년이나 학생들의 특성에 따라 개인, 조별, 단체 발표를 선택하여 운영의 묘를 살린다.

영역		평가유형 및 방법	배점	총점
개인 실기	가창, 기악 중 택 1	지정곡, 자유곡 연주	60점	100점
발표 그룹실기 중 선택 (조별, 단체) (20점)	조별	조별로 창의적인 발표하기 (뮤지컬,아카펠라,뮤직비디오, 창작,감상,중창,중주 등)	30점	
	단체	반별 합창, 반별 음악회		
개인발표 (10점)	특기 및 퀴즈 발표	수업 중 발표 누가 기록		
태도	수업태도	누가관찰기록	10점	

개인 실기평가 (가창, 기악 중 택 1)

교과서에서 배웠던 곡을 한 곡 정해서 평가하는 가창 실기나 기악 실기가 지금까지의 개인 실기였다면 이젠 학생들이 소질 있는 영역의 실기 평가를 시도해보는 것도 바람직하다. 모두 한 악기나 같은 곡으로 평가를 하게 된다면 그 분야에 소질이 있는 학생 이외에는 음악적 흥미가 떨어지게 된다. 가창에 있어서도 클래식과 실용음악을 넘나들며 좋아하는 아이들이 많은 요즘 아이들에게 무조건 한 가지만 강요하는 획일적인 평가는 변화하는 아이들을 오히려 빗나가게 할 수도 있다.

좀 더 행복하게 음악을 접하게 하려면 아이들의 다양한 소질을 인정하고 그에 맞는 평가 척도표를 계발하는 것이 급선무이다.

개인 실기를 평가할 때면 실력이 뛰어난 학생의 경우를 제외하고 대부분의 학생들은 자존감 때문에 적은 규모의 평가실에서 소수의 인원으로 평가받기를 원한다. 학생들의 특성을 충분히 고려하여 평가 척도에 대한 사항도 충분히 알려주고 단계별 점수 차도 크지 않도록 하여 평가를 즐길 수 있도록 하는 것이 바람직하다.

시험은 한 시간 내에 반주 없이 외워서 연주하도록 하며 점수 결과는 그 자리에서 발표하는 것이 불만의 소지가 없다. 다시 말하자면, 개인 실기(60점)에 해당하는 평가 척도 (연주법, 음정, 리듬, 빠르기, 음악적 표현, 암보(외우기)에 대한 점수를 연주 후에 바로 발표하는 것이다. 예: (10,9,8,9,9,10=감점 사항만 암산하여 55점)

물론 재시험은 치지 않는다.

그룹실기 중 선택 (조별, 단체)
예) 뮤지컬 만들기(조별)

7분을 기준으로 하여 10분 이내에 발표를 하며 음악시간마다 5분씩 조별 연습시간을 주어 한 시간에 전 조가 발표할 수 있도록 하는 형식이다.

역할분담을 통해 뮤지컬을 창의적으로 만들어 조별로 발표하는데 먼저 음악극을 만들기 위해서 각 조가 제목을 정한 후 줄거리를 짠다. 이어서 주제에 따른 장면 만들기-인물 정하기-배경-노래 정하기-춤-대사-표현하기 순으로 토의하며 음악극을 만드는 형식이다.

반별차이는 있지만 다양한 주제와 메시지들로 아이들의 창의성과 생각을 엿볼 수 있다. 패러디를 비롯해 급식소, 청소시간, 음악시간, 학창시절, 사랑, 자율학습, 성적으로 인해 일어나는 여러 가지의 일을 주제로 다루고 있다. 음악실이 소극장으로 변하면서 아이들은 반마다 다양한 시도를 하고 있다. 무한한 상상력과 창의력으로 메시지를 이끌어내려고 하는 모습에서 앞으로의 교육에 대한 나아갈 방향이 느껴진다. 고정된 시간과 틀 속의 갑갑한 현실 속에서 잠재된 자신을 표출해내려는 아이들의 이야기엔 그들의 생각과 고민 그리고 즐거움들이 녹아있다.

평가 방식은 조장이 조원과 뮤지컬 제목과 메시지를 정해서 A4용지에 간략하게 작성해서 제출하게 했으며 채점 기준은 20점을 만점으로 하여 조별로 평가하였다.

20점 : 전 조원이 참여하며 잘 짜인 대본의 창의적 역할분담을 통해 관객의 호응도를 이끌어 내면서 주어진 발표 시간(7분~10분)을 잘 지킨다.

18점 : 전 조원이 참여하나 관객의 호응도가 낮다.

16점 : 전 조원의 참여도가 낮으며 발표 시간을 지키지 못한다.

〈학생들의 뮤지컬 발표 계획서〉

제목 : 우리의 현실

메시지

치열한 대학입시 경쟁 속에서 점점 지쳐가는 우리들. 그러나 그런 우리를 더욱 지치게 만드는 것은 부모님의 잔소리와 주위의 기대이다. 친구조차 경쟁상대가 되어버려 의지할 곳조차 없게 만들어 버린 현 교육 제도 속에서 탈선에 이르게 되는 아이들의 모습을 그리고 있다.

양심과 현실 사이에서 싸우고 반항하는 친구들.

그러나 그들은 모두 경쟁상대로서의 친구가 아니라 아름다운 고교 추억을 만들어갈 친구들이 되기를 바라고 있다. 마지막 다 같이 부르는 노래엔 우리들의 소망이 담겨 있다.

역할 : 착한 친구1, 나쁜 친구1,2,3, 일반1,2,3, 선생님, 엄마

#1장 - 우리를 지치게 만드는 주위의 일과 그에 대한 반항심

#2장 - 유혹에 빠져드는 친구들

#3장 - 현실과 화해, 우리들의 바람

단체 발표로는 반 전체가 참여하는 합창, 반별 음악회 등이 있다.

개인 발표(특기 및 퀴즈 발표)

3~5분간 자신의 음악적 특기를 발표할 수 있다.

이는 소질을 계발할 수 있는 시간도 되지만 타인 앞에서 자신이 생각하는 것을 용기를 내어 발표함으로써 남 앞에 서는 것을 두려워하지 않고 자신감을 가질 수 있도록 하는 이점이 있다.

교사가 시켜서 발표하는 것은 누구든 할 수 있지만 스스로 자신을 남에게 알리는 발표하기란 쉽지가 않다. 자신이 없는 학생은 발표우수자의 도움을 받을 수 있도록 하여 3~4명이 팀을 이루어 발표할 수 있다. 이런 발표들은 후일 입학사정관제나 취업에서의 면접시험에서도 크게 도움을 주게 된다.

성취도가 높고 낮음에 상관없이 학생들은 퀴즈에 열광한다. 지루한 이론 수업이나 감상수업도 퀴즈 방식으로 전개해 나간다면 훨씬 활력 있는 수업을 할 수 있을 것이다.

학생들은 개인 특기 발표 6점과 퀴즈 발표 4점을 택해도 되고 퀴즈 발표만 5회를 택해도 된다.

발표가 활발하면 학생중심 활동 또한 활발하게 된다.

개인발표 (10)	① 개인의 음악적 특기를 발표한다. – 6점 부가 ② 퀴즈수업 발표 – 1회에 2점씩 부가되며 누가 적용된다. ③ 종합 발표점수가 10점을 초과할 수 없다.

3. 평가 척도표 예시

평가 관점		평 가 척 도	판 정
가창·기악(택1)(60)	연 주 법	자세가 바르고 연주법이 정확하다	⑩ ⑨ ⑧ ⑦
	음 정	① 음정을 정확하게 표현한다. ② 가락의 진행이 자연스럽다.	⑩ ⑨ ⑧ ⑦
	리 듬	① 정확한 박자로 바르게 표현한다. ② 리듬감을 살려 연주한다.	⑩ ⑨ ⑧ ⑦
	빠 르 기	① 정확한 빠르기를 규칙적으로 표현한다. ② 악곡에 맞는 빠르기로 연주한다.	⑩ ⑨ ⑧ ⑦
	음악적표현	셈여림 및 나타냄 말의 표현이 바르다.	⑩ ⑨ ⑧ ⑦
	암 보	① 정확히 외워 연주한다.	⑩
		② 2,3부분 틀리며 연주한다.	⑨
		③ 자주 틀린다.	⑧
		④ 외우지 못한다.	⑦
발표(30)	단체발표음악회(20)	반 전체가 참여하며 창의적 역할분담을 통해 조화롭게 발표한다.	⑳ ⑱ ⑯ ◎
	개인발표(10)	① 개인의 음악적 특기를 발표한다. - 6점 부가 ② 퀴즈수업 발표 - 1회에 2점씩 부가되며 누가 적용된다. ③ 종합 발표점수가 10점을 초과할 수 없다.	
태도(10)	학습태도	① 수업 태도 및 집중력 - 1점 감점 ② 시간 지키기 - 1점 감점 ③ 준비물 준비 - 1점 감점 ④ 핸드폰 및 MP3 - 1점 감점	1회에 1점씩 감점되며 누가 적용 10회 | 0점

이 밖에도 평가에 적용해서 호응을 얻었던 발표 수행평가의 예시들을 살펴보면 다음과 같다.

영 역	평가 척도	배점
아카펠라 (조별)	전 조원이 참여하며 창의적 역할분담을 통해 창작 아카펠라를 조화롭게 발표한다.	⑳ ⑱ ⑯ ◎
합창 (단체)	반 전체가 참여하고 외워서 연주하며 음악성, 예술성, 무대 매너를 평가한다.	⑳ ⑱ ⑯ ◎
자유 발표 (조별)	뮤직비디오, 창작, 감상 등 그룹별로 원하는 장르의 음악 발표를 한다.	⑳ ⑱ ⑯ ◎
감상문 (개인)	① 2회의 연주회를 보고 각각 감상문을 기록하여 제출한다. (1편에 10점) (A4용지 줄 간격 160, 글자 11포인트, 23줄 이상) ② 무용, 대중음악 콘서트는 감상문에서 제외함 ③ 제출기한 일자에 미제출 - 5점 감점	⑳ ⑮ ⑩ ⑤ ◎

학년과 학교 특성에 따라 무리하지 않은 범위 내에서 다양한 수행평가를 선택할 수 있을 것이다.

학기 초에 심각했던 얼굴들이 뮤지컬, 발표 등의 학생활동 중심의 음악시간을 경험한 이후부터는 밝고 활기찬 얼굴로 변하고 있다.

아무리 질 높은 교수방법의 수업일지라도 아이들은 교사중심의 수업보다는 학생중심의 수업과 미래를 위한 준비를 할 수 있는 통합교육을 더 원하는 것 같다.

점수에 관한 한 수행평가의 의미는 별로 없다고 해도 과언이 아니지만 전인교육에 있어서의 음악 수행평가는 지대한 영향을 주고 있다. 삶의 의미를 잃어버린 청소년들에게 행복지수를 높이는 수업에 대한 연구는 지금 우리들에게 가장 시급한 과제이다.

전공자를 위한 향상음악회

예술학교에 재학하는 학생들은 전공 연습실과 발표시간이 정해져 있지만 일반계 고등학교에서는 전공자를 위한 시간이 따로 없다. 따라서 전공자 동아리를 만들어 자투리 시간을 이용하여 꾸준하게 연습하고 발표할 수 있도록 음악교사가 관리를 해 주는 것이 좋다.

1,2,3학년 음악 전공자 중 무대 발표를 원하는 학생들이 스스로 자체적인 프로그램 만들고 홍보하여 연 2회 이상의 자율적인 발표회를 여는 것이다. (무용이나 실용음악 전공자도 희망할 경우 참여하도록 한다.)

실전에 대비한 무대경험을 함으로써 전공에 대한 자신감을 가지게 되어 입시 결과에 좋은 영향을 미치고 있다.

다음은 음악 전공자를 지도하기 위해 만들었던 지도 계획서이다.

주 제	음악 전공자 지도 계획			
연습일정 (참가학생 3학년 10명)	월	김 ○ ○	이 ○ ○	지도교사가 발 전사항을 기록 및 상담함
	화	권 ○ ○	최 ○ ○	
	수	전 ○ ○	하 ○ ○	
	목	김 ○ ○	김 ○ ○	
	금	서 ○ ○	박 ○ ○	
향상음악회 발표	1. 전공자 동아리 결성 2. 1,2,3학년 음악전공자 중 발표 희망학생 참여 3. 학기 중 2회 정도 계획하며 음악실에서 발표 4. 음악회 평가 및 반성회			
졸업음악회	*1,2학기에 가져온 '향상음악회'를 통해 닦은 실력으로 마지막 졸업연주 회를 시청각실이나 강당에서 가짐. *검은색 치마와 흰 블라우스로 연주복을 입고 연주 　– 시간, 장소, 홍보에 대한 계획을 철저히 짠다. 　– 가족과 친구들에게 프로그램 배부			

　청소시간마다 두 명씩 연습과정을 지켜보면서 발전사항들에 대해 상담하였고, 2개월마다 음악실에서 '향상음악회'를 열었다. 학년 말에는 강당에서 후배, 친구, 부모님들을 초청하여 졸업연주회를 가졌는데 이렇게 준비한 덕분에 음악 전공자 전원이 4년제 대학에 합격했다. 이러한 계획들을 귀찮아하고 싫어했던 전공자들조차 훗날 향상음악회의 중요성을 인정했다. 하지만 음악 수업이외에도 점심시간까지 합창반을 지도하면서 전공자를 위한 향상음악회까지 담당을 해보니 실로 체력이나 시간적인 무리가 많이 따라 결국 모든 학교에서 지속적으로 지도할 수가 없었다. 게다가 부서업무까지 처리해야 하는 과중한 부담은 결국 어깨통증과 오십견을 불러왔다.

학생들의 눈에 비친 음악수행평가

(환경보호, 외모지상주의, 왕따 등 사회를 보는 눈을 키우며, 우정도 쌓고, 모두가 즐기는 수행평가)

보통 수행평가라 하면 다들 부담스러워할 것이다.

하나하나 다 점수가 달린 것이니 소홀히 할 수도 없고, 그런데 이런 딱딱하고 지루한 수행평가에도 새로운 변화가 일고 있다.

오늘은 2학년 10반과 11반의 뮤지컬 수행평가가 시청각실에서 있었다. 과연 어떻게 뮤지컬 수행평가를 한다는 것일까?

첫 번째 조는 하나같이 긴 치마를 입고 나왔는데, 이 치마는 바로 인어공주의 하반신을 묘사한 것이었다. 특수효과로 천둥번개가 칠 때엔 불을 깜박거리기도 하였다.

다른 조들에서도 초록색 옷을 입은 슈렉이 나오고 직접 만든 드레스를 입은 공주, 한복을 입은 심 봉사, 한복 위에 모피를 입은 심청이 등이 나오기도 했다. 비눗방울로 바다를 묘사하기도 하고 호응을 위해 사탕, 꽃, 빵 등이 관중들에게 깜짝 이벤트로 제공되기도 하였다.

10여 분의 뮤지컬이지만 그 시간만큼은 모두들 같이 웃고 즐기며 보람을 느낀 시간이었다. 잠깐의 뮤지컬이지만 그 뮤지컬을 위해 패러디하고 창작의 아이디어를 짜낸다고 고생한 보람이 모두의 눈과 귀를 통해 전달되니 말이다.

　뮤지컬은 타 교과목에 비해 조금 자유로운 교과 중 하나인 음악시간에 지루하고 똑같은 일상을 벗어나 즐길 수 있는 평가 방법이다. 모두가 한마음이 되어야 하니 처음부터 끝까지 아이들의 생각, 노력이 깃들어 있다. 그러다 보니 자연스레 협동심을 기를 수 있게 된다. 또한 뮤지컬을 통해 협동심, 창의성, 감동, 교훈, 추억 등을 얻고자 한다.

　뮤지컬에는 주제와 교훈이 있어야 한다. 환경보호, 외모지상주의 비판, 왕따 없애기 등. 그렇게 뮤지컬을 끝내면 그 뮤지컬을 하고, 본 사람들은 재밌든, 안 재밌든 여러 감정을 얻을 것이며, 나중에 돌이켜 보게 되면 그것이 추억이 되는 것이다.

　학생들과 선생님 모두가 만족하는 이러한 수행평가처럼, 다른 과목의 수행평가도 즐거운 변화를 줘 보는 것은 어떨까?

　-그 즐거웠던 음악수업을 안타깝게도 이번 1년 밖에 수업할 수 없게 되어 아쉽습니다. 어릴 적부터 피아노 학원에 다녔고 중학교 2학년까지 다니며 나름대로 음악생활을 즐긴다고 생각했던 저에게 선생님의 수업방식은 너무나도 즐겁고 이상적이었습니다. (외국 영화에서의 다정하고 개혁적인 음악선생님 이미지..^^)

　-개인발표라든지 체조, 뮤지컬, 반별합창, 정말 인상 깊고 추억에 남을 것이고요. 또 우리 학교의 학생이라면 모두가 자부심을 가지고 있는 독도는 우리 땅과 박수 그리고 입체음악.

 높은음자리로 그리는 행복한 세상

-합창과 뮤지컬과 난타, 아카펠라, 그리고 향상 음악회, 합창단의 공연, 음악반 공연 등을 통해서 많은 걸 느꼈어요. 합창을 들으며 선율을 느낀 것도 처음이었어요. 여러 사람이 마음을 모아 아름다운 소리를 낸다는 것이 얼마나 멋진 일인지. 가끔은 내가 합창부였다면 어땠을까, 하는 상상도 해봤어요.

-1학년 반별 합창을 할 때 반주를 맡아서 노래를 하지 못했는데 음악반하면서 파트를 나누어 노래를 부를 때 정말 즐거웠습니다. 합창의 즐거움은 해보지 않은 사람은 모를 거예요. 그리고 그 감동이 어떤지도.

-선생님 덕분에 처음으로 남 앞에서 피아노를 치게 되었고, 처음으로 무대에 서게 되었어요. 피아노를 오랫동안 배웠지만 한 번도 남 앞에서 연주를 한 적이 없었는데, 선생님이 저의 처음을 만들어 주신 거예요.

-1학년 때 창의력 재량 활동 수업을 하면서 나 자신을 되돌아 볼 기회를 많이 만들어 주셨던 것이 기억에 많이 남아요. 저는 남에게 제 마음을 숨기려고만 하는 성격인데, 창재 시간엔 어쩔 수 없이 내 마음을 말하면서 나조차도 모르고 있었던 나를 알게 되는 경우가 종종 있었어요.

-난타를 하기 위해서 온 학교를 뒤져 난타 악기를 만들었던 기억, 아

카펠라 연습으로 하루 종일 멜로디언을 불어서 입이 아팠던 기억,
음악반 공연에서 방송 사고가 생겨 주춤하고 있을 때 초대되었던
반 친구들이 모두 무대로 올라가 춤을 추며 즐겁게 마무리했던 기
억까지 눈을 감아도 잊히지가 않아 아직까지 두근거리고 있어요.

 높은음자리로 그리는 행복한 세상

-수업 시간에 친구들 앞에서 하는 발표를 통해 고등학교에서 자신
 감을 얻게 되었습니다.

-선생님 수업은 자유발표 시간이 많아서 외국학교 같아요. 신기하
 고 좋아요

-수업시간이 재미있어요. 성격이 소심해서 발표하는 걸 별로 좋아
 하지 않는데 발표를 몇 번 하고나니 아직까지 좀 그렇지만 많이 괜
 찮아졌어요.

-저희 말씀을 잘 들어주시고 안 되는 것은 왜 안 되는지 설득해주십
 니다. 발표를 통해 자신감을 기를 수 있게 만들어 주십니다.

-선생님은 아이들의 잠재된 자신감을 깨우쳐 주십니다.

-뮤지컬 사진과 소감문

정말 재미있는 경험이었다. 처음 아무 것도 모르고 무작정 뮤지컬이
라는 것을 만들어야 한다는 생각에 걱정과 부담만이 앞서 있었다. 그리

고 어떻게 해야 할지 고민도 많이 했다.

조원들과 머리를 싸매며 스토리를 짜는데 정말 즐겁고 좋은 추억이었다. 그렇게 완성해낸 스토리가 얼마나 멋있고 재미있던지 그리고 그 스토리에 맞게 음악을 넣었는데 그렇게 딱딱 맞을 수가 없었다.

스토리도 짜고 들어갈 노래도 정했겠다. 우리는 배역을 뽑기 위해 가위 바위 보라는 고전적인 방법을 쓰게 되었다. 그리고 정해진 배역! 연습시간이 좀 모자라서 인지 공연 당일 날 떨리고 불안했다. 하지만 최선을 다하고 나니 뿌듯하고 정말 내가 뮤지컬 배우라도 된 것처럼 기분이 붕~뜨는 것 같았다.

이런 뮤지컬 체험을 통해 자신감과 협동심을 배운 것 같다. 그리고 이것저것 후회가 많아 또 하고 싶다. 다음에 이런 기회가 우리들에게 주어진다면 진짜 뮤지컬처럼 멋있게 할 수 있을 것 같다.

Harmony

3장

합창 인생

합창은 매슬로의 인간의 욕구 중 3단계 '사회적인 욕구(*social needs*)'와 4단계 '인정받고자 하는 자존의 욕구(*self-esteem*)'를 채워주며 5단계 '자아실현의 욕구(*self-actualization*)'의 단계로 이어주는 도구로서 훌륭한 역할을 한다.

집단에 소속되어 더불어 살아가는 방법을 터득하게 하고 상상력과 창의력을 발휘하는 공연활동을 통해 자신의 모든 잠재적 능력을 최대한 발휘하여 가치 있는 삶을 누릴 수 있도록 도울 수 있는 것이 바로 합창활동이다. 이 역할을 담당하는 데 달란트가 있는지 합창은 나와는 뗄 수 없는 관계가 되어버렸다. 26년의 교직 생활 중 20여 년을 넘게 합창을 지도해왔으니 합창 인생인 셈이다. 이제부터 그동안 합창단을 만나면서 겪었던 기억들을 되살려 기록하고자 한다.

마산고등학교 합창단

마산고등학교는 합창부를 중심으로 한 음악제와 미전이 격년제로 열리면서 합창부의 위력이 대단했다. 이는 본교 출신의 전임 음악선생님이 합창부를 반석에 올려놓으신 영향 때문이었다. 당시 합창부는 서울에서 열린 전국 경연 대회에 참석하여 좋은 결과를 얻게 되면서 정통 남성 합창으로 유명한 숭실고 합창단에 버금가는 실력으로 자신감이 충천하였다. 그 뒤를 내가 잇게 되었으니 심적 부담이 얼마나 컸는지는 말 안 해도 잘

알 것이다. 아이들에게 전임 음악선생님은 바로 영웅이었다.

합창부 반장이 찾아와 예의바르게 인사를 건넸다. 그동안 점심시간 연습을 계속 해와서인지 1,2학년 아이들을 지도하는 것은 그다지 어렵지 않았다. 오히려 3학년 선배들이 일일이 간섭하며 참견하는 것이 더 힘들었다. 게다가 졸업한 선배들까지 찾아와 뭐가 못마땅한지 이렇게 저렇게 이끌어달라고 요구를 해대는 통에 수업보다 합창단을 이끌어가는 것이 더 어려웠다.

그동안 '본향을 향하네', 'Vive la mour', '하바나 길라' 등 정통 남성 합창을 해왔지만 이제는 곡의 특성에 따라 안무도 넣고 즐거움을 표현할 수 있는 움직이는 합창도 시도하고 싶었다.

그런데 아이들은 도무지 그런 것을 싫어했다. 아무리 가사 내용이 재미있는 노래라 할지라도 움직임 없이 기존 방식으로만 노래하기를 고집했다. 그렇게 시간이 흘러가고 있었는데 어느 날 특별한 음악회 초대장이 한 묶음 배달되었다.

대기업에 근무하는 선배가 부경대에서 열린 하버드 대학의 '크로커다일' 남성 아카펠라 합창단 초청공연 티켓을 여러 장 학교로 보내온 것이다. 2학년 간부들과 함께 공연을 보러 갔었는데 줄이 200m쯤 늘어선 것으로 보아 상당히 유명한 팀에 틀림이 없었다.

아카펠라이다 보니 반주가 전혀 없었는데도 불구하고 시작부터가 관중을 사로잡았다. 합창단의 표정과 매너 그리고 멋진 몸놀림에 빠져든 관객들은 끊임없는 환호를 보냈다. 나 역시 그렇게 재미있었던 공연은 처음 본 것 같다. 1시간 20분이나 연주했는데도 마치 10분을 본 것 같았으니 말이다.

마치고 나니 여학생들이 구름떼처럼 몰려들면서 사인을 받겠다고 난리였다. 내가 하고 싶었던 합창이 바로 이런 행복한 합창이었는데……. 나와 함께했던 아이들도 그들의 합창에 신선한 충격을 받은 것 같았다.

얼마 지나지 않아 마산에서 청소년 합창제가 있었다. 지난번 부경대 음악회에 참석했었던 아이들을 중심으로 아이디어 회의를 했다.

교복과 흰 셔츠를 이용하여 학교를 상징하는 M자 배치를 만들어 지금까지와는 다른 모습의 연출을 시도해 보았다.

첫 곡이 'There is rock and roll' 이었던 만큼 입장을 무대 밑과 위에서 자유롭게 나오게 하였다. 그리고 가사에 어울리는 댄스를 가미하여 노래를 하였는데 당시 이런 시도는 그야말로 획기적이었다.

가을 음악회에서는 '고엽' 을 원어로 불렀고 휘파람을 불며 입장하여 신비로움을 자아내는 등, 다양한 새로운 시도로 인해 인근 학교의 여학생들에게 합창부의 인기는 하늘로 치솟았다. 합창제가 끝난 후 마산 MBC홀에서의 뒤풀이에는 아무리 바쁜 일이 있어도 선배들이 함께 했다.

"한 박자 들어가고, 두 박자 들어간다. 하나~ 아, 둘~, 아 셋~ 살리고 살리고……."

여기에서 원하는 신나는 노래가 나오지 않으면 바로 '제끼고 제끼고' 가 이어졌다.

그런데 3학년이 된 합창부 창한이가 점심시간마다 음악실에 와서 앉아있는 것이었다. 보통 3학년 아이들은 합창활동을 하지 않기 때문에 음악실에 잘 오지 않는 편인데 이상했다. 이유를 알고 보니 성악을 전공하고 싶은데 할 수 없는 환경 때문에 학교생활에 흥미를 잃어가며 방황하고 있었다.

효자인지라 부모님의 반대에 부딪혀 어떤 일에도 의욕을 보이지 못하던 그에게 후회하지 않기 위해 원하는 일에 도전을 시작하라고 했다.

그날부터 콩코네를 연습시키고 숙제를 내주며 그 아이를 돕기 시작했는데 한 2주쯤 지났을까! 갑자기 아버님이 학교로 찾아오셨다. 여러 가지 집안 형편상 창한이가 음악을 해서는 안 된다는 이유를 비롯해서 성악에 대한 마음을 접게 해달라는 부탁을 하셨다. 이제 와서 전공하긴 시기적으로 너무 늦을 뿐 아니라 설사 된다 할지라도 생활을 해나가기가 너무나도 어려운 길이 아니냐는 간절한 심정을 토로하셨다.

난 레슨에 대해서는 책임을 지겠으니 1년만 참아달라고 부탁드렸다. 만일 뜻을 이루지 못한다면 다시는 부모님의 뜻을 거스르지 못할 것이라고 했다. 그러자 너무나 간절한 아들의 소원을 알고서 눈물을 흘리기 시작하셨다. 그러고는 잘 부탁한다는 말씀을 남기고 떠나셨다.

부모님의 이해를 얻은 창한이의 눈빛은 달라지기 시작했다. 꺼져가던 불빛이 다시 활활 타오르는 희망의 불꽃으로 변하게 된 것이었다. 창한이의 눈에서는 생기가 넘쳐났으며 의욕이 샘솟고 있었다. 마침내 집에서도 졸업을 6개월 앞두고 정식으로 성악레슨을 받게 해주었다. 정확한 음정과 소리로 하루에 콩코네를 한 곡씩 떼기 시작했다. 남들이 한 달 동안 연습해야 하는 일을 하루에 해내는 창한이를 지켜보면서 모든 가능성에 기대를 걸었다. 마침내 지원했던 대학에 모두 합격이었다. 예상된 결과였다. 창한이는 중앙대학교를 택했다.

주위 선생님들은 아주 특별한 일이나 되는 것처럼 수제자 나왔다고 모두 한마디씩 거들었다. 중앙대학교를 가기로 결정한 이후 그의 부모님께서 집으로 초청을 해주셨다. 아버님은 모든 감사를 내게 돌렸다. 잘되거나 못되거나 그건 모두 선생님 덕분이라고…….

그로부터 많은 세월이 흘렀다.

2008년 중앙대학교 동창회 홈페이지에 다음과 같은 기사가 떴다.

'임창한(성악) 동문, 영 아티스트 프로그램에 선정' — '바리톤 임창한 동문이 수백 대 1의 경쟁을 뚫고 로열 오페라하우스의 '제트 파커 영 아티스트 프로그램'에 선정됐다. 이 프로그램은 장래 스타가 될 가능성이 엿보이는 젊은 성악가들을 뽑아 2년 동안 노래, 연기, 언어 등 오페라 가수로서 필요한 모든 자질을 훈련시켜주고, 주역은 아니지만 조역으로 로열 오페라하우스 극장에 직접 설 기회를 주는 스타 양성 프로그램이다. 로열 오페라하우스의 프로그램은 미국 메트로폴리탄과 이탈리아 라스칼라극장에서도 배워갈 정도로 우수한 프로그램으로 정평이 나 있다. 임 동문은 모교 음대 졸업 후 프랑스 말 메종 음악원과 블로뉴 음악원에서 수학했다.'

진해여고 합창단

운동장 저편으로 음악실이 보인다. 봄에는 아름다운 벚꽃이 만발하였고 가을에는 불붙는 단풍나무들이 신비로움 그 자체였다. 그래서인지 이곳은 전국에서 영화를 찍는 단골 장소가 되기도 한다.

진해여고 합창단은 경남 최고의 전임 선생님들이 다져놓은 전통 있는 합창부였던지라 소리가 맑고 청아했으며 여학생들이라 그런지 순수했고 잘 따라주었다.

먼저 신입단원 선발을 위한 작업이 시작되었다.

점심시간이나 방과 후를 이용하여 임원진들은 1학년 교실을 방문하여 가입신청을 받았고 나는 음악시간을 통해 홍보를 하였다. 다행히도 많은 아이들이 지원을 하면서 3차 오디션까지 하게 되었다.

인적 사항이 기록된 '노래 인터뷰' 양식에 시창과 청음, 자유곡 평가를 통해 목소리에 맞는 파트를 배정하고 나면 2,3학년 합창단원이 최종면접을 통해 선발하는 방식을 취하였다.

노래 인터뷰				사 진 3cm×4cm
학 번		성 명		
주 소				
전화번호		핸드폰		

1. 합창단이나 성가대와 같은 단체에서 노래해 본 경험이 있는가?
 있다면 언제, 어디에서를 기록하시오.
 (   )
2. 악기를 배운 적이 있는가?
  무슨 악기? (   )
  얼마 동안? (   )
  누구한테? (   )

3. 음역

4. 음정의 정확성 : 상, 중상, 중, 중하, 하

5. 선율 기억력 : 상, 중상, 중, 중하, 하
6. 시창 : 상, 중상, 중, 중하, 하
7. 화음 노래 부르기 : 상, 중상, 중, 중하, 하
8. 음질 : 상, 중상, 중, 중하, 하
9. 전체적인 평가 : 상, 중상, 중, 중하, 하

최종 합창단원이 선발되면 선후배 간에 자매 결연식을 맺는다. 이는 진해여고 합창부의 오랜 아름다운 전통이다.

본격적으로 합창단이 시작되었을 때 부천전국청소년합창경연대회에 참가하고 싶어 하는 합창부원들의 간절한 소망을 알게 되었다. 많이 부족하고 두렵기도 했지만 아이들과 나의 '꿈에 대한 도전'에 대한 열망을 아시고 교장선생님께서 적극적으로 도와주셔서 2000년 11월 11일 대망의 꿈을 안고 부천으로 향할 수 있게 되었다. 그런데 4명이 넥타이를 가지고 오지 않았고, 제민이와 현혜는 복통을 일으켜 밤새도록 앓았으며 솔로인 고은이까지 연주 직전까지 사라졌었던 대형 사건들이 일어나게 되었다. 생각해보면 아찔했었던 순간들이다. 하지만 모든 것을 극복해내고 '최우수'라는 영광을 안게 되었다.

얼마 지나지 않아 2002년 제2회 부산세계합창올림픽대회가 10월 19일~10월 26일까지 부산에서 열린다는 소식이 전해져 왔다.

그때부터 아이들과 나는 다시 42개국 260팀이 25개 종목에 걸쳐 경연하는 '2002 부산합창올림픽'에 대한 꿈을 갖게 되었다. 그러기 위해서는 가장 먼저 지역예술위원회장의 추천서를 받아야 하고 두 번째로 연주곡 2곡 이상이 녹음된 Tape, CD, Video Tape 중 1개를 선택하여 제출해야 했다. 그 후 심사위원들의 심사를 거친 후 올림픽참가가 최종 결정된다.

고민 끝에 동성청소년합창과 대중음악 합창부문 2개 종목을 신청하여 모든 서류들을 1차로 접수시켰다. 떨리는 마음으로 결과를 기다리는데 1차 접수 팀의 예선과 본선이 구체적으로 명시되어 있지 않아 합창올림픽 조직위원회로 메일을 보냈지만 3일이 지나도 답신이 오지 않았다. 차마 전화를 걸 수 없어 또다시 두 번째 메일을 보냈다. 하지만 오후까지도 답이 없었다. 가슴을 졸아들었다.

힘없이 돌아오는 나를 보고 남편은 아직 아무런 소식이 없느냐고 물었고 나는 고개를 끄덕였다. 머리가 지끈지끈하더니 결국 몸살기를 보이며 신경도 무척이나 날카로워졌다.

TV에서는 잉글랜드와 우리나라의 축구경기가 한창이었다.

미역국과 김치찌개를 끓여놓고 핸드폰을 확인해 보았다.

'음성 메시지가 한 개 들어와 있습니다. 확인을 하시려면 1번…….'

재빨리 1번을 눌렀다.

"합창올림픽 조직위원회입니다. 전화를 받지 않으셔서 음성으로 남깁니다.……."

한쪽 귀를 막고 초긴장 상태로 음성메시지를 확인했다.

"와! 자기야! 우리 본선 진출했대. 우리 본선 진출했대. 진짜."

"와! 진짜가?"

남편과 나는 펄쩍펄쩍 뛰면서 기뻐서 소리를 질렀다.

바로 그 순간 잉글랜드에게 한 골을 빼앗기고 있던 한국이 한 골을 넣어 동점이 되었다.

"숫, 골인!"

화면에 '골'이라는 글자가 떴다.

"와!"

아파트 전체가 들썩였다. 여기저기서 '대한민국 짝짝짝 짝짝, 대한민국 짝짝짝 짝짝.' 소리가 들렸다.

기적이 일어난 것이었다. 세상에 이런 일이…….

올림픽 조직위원회에 다시 전화를 걸어 확인했는데 사실이었다. 그 동안 계속 전화를 했었는데 받지 않더라는 것이다. 결과는 우리 합창부의 성적이 좋아서 본선 진출이 되었다는 소식이었다.

당황해서 합창반장 근해에게 전화를 걸었는데 전화를 받지 않았다.

이게 꿈인가 생시인가! 우리가 진짜 본선에 진출하다니……. 모두들 얼마나 기뻐할까!

애들아!

애들아!

가슴이 막히고 말문이 막혀 글을 못 올리겠다.

옆에서 남편이 천국과 지옥을 왔다 갔다 한다고 핀잔을 주면서도 같이 기뻐한다.

정말 큰일은 큰일이었다고…….

☆쩡은이☆ : 맙소사. *^^* 선생님 정말요?? ㅎㅎㅎ 너무너무 잘됐어요. *^^* 정말 기뻐요~~~!!!!

민정이^^ : 선생님, 정말 꿈같아요!! 넘 기뻐요 ^^ 우리 정말 열씨미 할게요! 기적의 합창부 ^^ 파이팅!!

스미농 : 맙소사~~ ㅋㅋㅋ 정말 기적을 이루는 합창부.

전반부 동성청소년합창경연대회 출전

공연 장소가 부산 금정문화회관으로 정해졌다. 그런데 버스를 주차할 공간이 전혀 없어 무척 많은 애를 먹었다.

우리 팀이 가장 먼저 도착했는지 안에 들어가 보니 불은 꺼져 있고 아무도 없었다. 마음을 조아리며 1시간 정도 기다리고 나니 1번 팀인 남산여고가 들어왔다. 남산여고는 톤 칼라가 좀 어두웠지만 본선진출 합창단답게 좋은 소리를 가지고 있었다.

이어서 바로 앞 순서였던 중국합창단이 들어오자 아이들은 완전 주눅이 들어버렸다. TV 뉴스에도 보도될 만큼 아름다운 여성 소리를 가지고 있었지만 남학생들도 몇 섞여 있었던 중국 팀은 아이들도 너무나 자연스럽고 예뻤을 뿐 아니라 민속의상인 단복의 화려함이 더욱 관중을 매료시키고 있었다. 중학교라고 하는데 웬 선생님들이 그리도 많이 따라 오셨는지 안무담당 선생님이 동작들을 아주 자세하게 고쳐주고 있었다.

개량한복을 차려입은 소명여중의 모습이 참 예뻤지만 준비 관계로 빠져나와야 해서 안타깝게도 더 이상의 리허설을 볼 수가 없었다. 지나가려는데 아름다운 러시아 여학생들이 보였다. 아이들은 외국인들을 보자 다소 들떠있는 모습이었다.

스텝 한 분이 다행히도 피아노가 있는 대기실로 안내해 주었다.

시간이 초과되면 감점이 된다는 이야기를 들었는데 어느 팀에서 시간을 오버했는지 예정보다 시간이 점점 늦춰졌다. 대기실에서 나와 순서를 기다리기 위해 오랜 시간 줄을 서 있다 보니 입이 바짝바짝 마르기 시작했다.

지금까진 아무런 문제가 없었는데…….

마침내 우리의 순서가 되어 무대를 오르는데 느낌이 이상했다. 연주가 시작되었음에도 불구하고 아이들의 입이 완전히 붙어버린 것 같았다. 입안이 바짝 마르고 있었다는 생각을 하지 못한 것이었다. 너무 건조해서 기침을 하는 아이도 있었고 입을 벌리지 않는 아이도 있었다. 혼자서 다른 소리를 내는 아이까지 있을 정도였으니 그 쇼크를 어찌 말로 다 할 수 있을까! 지금까지 연주했던 중 가장 힘든 연주를 하게 된 것이었다.

첫 번째 곡인 '산'을 사투를 걸고 해서인지 다음 곡을 하려는데 더 이상 이렇게 끝낼 수는 없다는 강렬한 눈빛이 아이들에게서 전해져

왔다.

얼마나 힘들게 올라온 무대인가!

전율을 경험하고 싶었지만 이러한 상황에서 기대하기란 힘이 들었다. 악조건에서 우린 안간힘을 다 썼다. 다행히 심사위원들은 아이들을 바라보지 않고 악보와 소리만 듣고 있었으며 전체적으로 무너진 곳 없이 무사히 잘 연주를 마쳤다.

두 번째 곡은 '여호와는 나의 목자시니' 였다.

반주에서부터 기도가 절로 나왔다.

정말 감동적인 연주였으며 그동안 느껴보지 못했던 전율을 느낄 수 있었다.

경연 중의 최대 고비들을 2,3,4번째 곡으로 만회하며 최선을 다하고 내려오니 진이 빠져나가는 느낌이었다. 이렇게 힘들었던 시간도 드물었던 것 같다. 하지만 최선을 다했기 때문에 후회는 없다.

전반부 시상식에 참여했다.

합창올림픽 챔피언이 호명되면 그 나라의 합창부원들이 모두 단상에 올라와서 국가를 제창했다. 부러움이 가슴속에 요동치는 순간이었다. 마침내 2번 동성합창종목 시상이 시작되었다. 차례로 불러나가는 중에 우리 합창단이 호명되었다.

'진해여자고등학교 콰이어 지휘자, 김귀자 은메달!'

후반부 대중음악합창경연대회 출전

갈라콘서트팀인 인도네시아의 '엘파 싱어즈'를 비롯하여 네덜란드의 'JUST US' 등, 완전 프로팀 속에서 경연했었던 우리 합창부의 경연은 마치 고래와 새우의 싸움처럼 느껴졌다.

마이크를 전혀 사용할 수 없다는 규정을 비웃기나 하려는 듯 여러 팀들이 드럼이나 마이크를 10개나 사용하고 있었고 수준 높은 재즈합창을 비롯하여 무반주 합창의 울림 속에서 대중음악 종목이 맞는지 의심스러울 정도였다.

경연시간이 가까워져 오자 다른 나라 팀들의 리허설로 인해 우리 팀이 무대 위에 서보지도 못할까봐 많은 걱정을 했었는데 다행히 우리에게도 시간이 주어졌다.

관객들 앞에서 네 곡 모두를 연습해 보았는데 거기서 아이들은 무척 즐겁게 연주를 했다. 그래서인지 관객들의 환호성이 터져 나왔고 그때부터 우리 합창단은 관객의 주목을 받기 시작했다.

3시부터 시작되었지만 우리의 경연 시간은 5시 20분이었다.

대기실이 잘 나지 않았지만 자원봉사자들이 우리에게 많은 배려를 해주어 피곤하지 않은 시간들을 보내면서 지난번 경연 때의 긴장과는 사뭇 대조적으로 사진도 찍고 외국인들과 대화도 나누었다.

잠시 쉬는 시간에 아이들이 없어져 찾으러 갔더니 네덜란드 아카펠라 'JUST US' 팀이 우리 아이들에게 다가와 노래를 불러주는 것이었다. 나중에 알고 보니 이 팀이 '왕벌의 비행', '마틸다' 등으로 알려진 유명한 중창단이었다. 그럴 줄 알았으면 진작 나도 아이들 대열에 합류하는 것이었는데……. 으~ 아깝다.

그곳의 예식장 주인까지 기꺼이 우리에게 예식 홀을 연습하라고 내주셨다. 아이들은 물 만난 고기처럼 이리저리 다니며 사진도 찍고 노래도 하고 율동 연습도 했다. 마침내 우리에게 배당된 대기실로 옮기라는 신호가 떨어졌다. 국기를 게양하는 자원봉사자가 멀리서 파이팅을 외쳤다.

경연 직전에 기도의 시간과 워밍업 그리고 마지막으로 총연습을 가졌다.

창틈 사이로 저녁 햇살이 비쳐 들어오는 것이 참으로 아름다웠다. 아이들의 노래 소리가 마치 영화의 배경음악처럼 들려왔다. 영화 속 주인공처럼 느껴지는 것이 마치 한 편의 영화를 찍는 것 같은 착각마저 드는 아름다운 순간이었다.

결과야 어찌 되든 이제 우리들은 모든 준비를 마쳤고 후회 없는 연주로 멋진 기억을 만들 것이다.

마침내 우리 차례가 되었다.

흥분한 아이들에게 계속 조용히 하라고 손짓하는 무서운 인상의 독일 스텝의 잔소리에도 불구하고 아이들은 전혀 기가 죽지 않았다. 내가 먼저 파이팅을 외치며 무대로 향했다. 무대 상태를 점검한 후 아이들에게 나오라는 신호를 보냈다.

그런데 갑자기 관객들이 환호를 하는 것이었다. 순간 가슴이 뭉클하였다. 아마도 우리의 연습과정을 보았던 관객들의 환호였던 것 같았다. 성인 외국팀들만 나오다가 하얀 단복을 입고 나온 한국의 여고생들이 나오니 천사같이 보였나 보다.

심사위원은 모두 일곱 분이셨고 한국 심사위원 한 분이 그중에 계셨지만 누군지 알 수가 없었다.

첫 번째 곡 '사운드 오브 뮤직'을 마치니 강렬한 환호성과 함께 박수가 터져 나왔다. 두 번째 곡 'Mary had little blues', 세 번째 곡 '닐니리 맘보'의 귀여운 동작에 관객들이 신이나 박수까지 쳐주는 모습이 우리들을 더욱 신나게 했다. 아이들은 노래를 하면서도 심사위원들과 관객의 표정까지 살피는 여유가 생겼다.

마지막 곡으로 우리 합창반의 반가인 '사랑은 영원하네'가 시작되었다.

수화를 곁들인 메시지를 가슴으로 관객에게 보내었다. 노래를 부르면서 아이들의 눈시울이 뜨거워졌고 관객들 중에서는 눈물을 흘리는 사람도 보였다. 감사하고 감동적인 연주였다.

관객들이 열렬한 환호를 보내왔다. 그렇게 좋아할 줄은 정말 상상도 못했다. 외국팀들 역시 'good'을 외치며 퇴장하는 우리 합창단에게 곁으로 다가왔다. 그 순간이 너무나 아름다웠다.

연주를 끝내자 교감, 교장 선생님께서 흥분한 얼굴로 나오셨고 동창회 대선배님들 또한 눈물을 글썽이며 내 손을 잡아주셨다.

난 깜짝 놀랐다. 이렇게 관객들이 감동을 받을 것이라고는 상상도 못했던 것이다.

외국 팀들과 경쟁했던 대중음악 종목에서도 역시 은메달을 받았다.

결과는 크게 만족스러웠다. 겁 없이 뛰어든 올림픽이었지만 결과는 내가 가지고 있는 능력 이상으로 나온 것 같았다.

역시 세계의 장벽은 높았다. 이번 올림픽에서 중국과 헝가리가 상을 휩쓸었다. 중국이 종합우승을 하며 25개 카테고리에서 5개 부문을, 제1회 대회 우승국인 헝가리가 4개 부문을, 그리고 일본이 2개 부문, 나머지는 한국, 필리핀, 스웨덴, 타이베이, 독일, 미국, 인도네시아로서 각 1개 부문만의 그랑프리 챔피언이 되었으며, 남성합창부문을 포함한 7개 부문에서 금메달이 없었다.

챔피언 콘서트를 보니 국제적 수준이라는 것이 뭔지 알 것 같았다. 일단 모두 프로였다는 것이었다. 좀 유명하다 싶으면 전공을 하거나 오랜 동안 지원 속에서 훈련받았던 팀이라는 것. 챔피언 팀마다 각기 독특한 고유의 색깔과 깊은 맛들이 있었다. 화려한 의상과 무대연출 등을 보면서 자기 팀만의 고유 색깔과 아낌없는 지원이 있어야지만 우리나라에서도 챔피언이 나올 수 있을 것이라는 생각이 들었다.

이 모든 결과로 인해 마침내 2002년 진급 및 졸업 사정회에서 반장과 반주자는 특별활동 우수상을 받았고 나머지 1,2,3학년 합창부원들은 모두 특기상을 받았다.

그동안 합창단 조직과 연습과정 동안 겪은 수많은 어려움과 외로움들은 참으로 견디기 힘들었다. 모든 것을 다 마친 지금은 마라톤 결승점에 도달한 심정이다.

마지막까지 포기하지 않고 끝까지 버틸 수 있어서 얼마나 감사한지 모르겠다.

인내의 열매는 썼지만 학기 초에 아이들과 약속했었던 약속들을 모두 지켜낼 수 있게 되어 얼마나 기쁜지 모르겠다.

'도학예제 최우수, 합창올림픽 2개 종목 은메달, 진급과 졸업 사정회에서 특기상 수상' 그 외에도 교과우수상, 봉사상, 학생회장 당선 소식까지 줄줄이 이어졌다.

한 해 동안 받은 수상실적들은 진로에도 커다란 도움이 되어 서울대 사회과학부 수시모집에 다정이가 합격하는 영광을 누렸다.

수시모집 접수에서부터 합격통지를 받을 때까지 다정이의 숨 가쁜 소식들을 합창부원들과 함께 들었다.

어느 날, 학교로 한통의 전화가 걸려왔다. 다정이의 어머니이셨다. 다정이 어머니는 그동안 정말 감사했다는 따뜻한 인사를 전해왔다.

서로를 사랑하며 돕게 된 아이들! 합창활동을 통해 자신의 적성을 키워나가면서도 꿈꾸는 일에 용기를 갖고 스스로 도전정신을 갖게 된 아이들을 보면서 교사로서의 보람과 행복이 가슴속에서 피어올랐다.

좋은 교사란 어떤 어려움 속에서도 끝까지 아이들을 포기하지 않고 기다리는 교사일 것이다.

해마다 축제가 되면 앞치마를 두르고 손님을 맞이하며 라이브 음악 카페를 준비했던 음악실은 세상에서 가장 포근하고 낭만적인 장소였다.

연간 10여 차례가 넘는 연주회. 해군사관학교에서의 연주와 해군 통해 교회에서의 초청공연은 지금까지도 잊히지 않는다. 연주를 마치고 해군사관학교 생도들과 함께 했었던 저녁 식사, 기타를 메고 우리의 연주에 대한 답가를 해주던 멋진 장교의 모습, 해군 통해 교회 입구에 붙여진 진해여고합창단을 환영하는 플래카드, 연주가 끝나자 장미 한 송이씩 들고 나와 합창단에게 선사하던 수병들의 모습, 공연을 마치고 돌아오는 버스 차창 밖으로 흩날리던 벚꽃 눈들……, 모두 잊을 수가 없다.

창원중앙여고 합창단 'SEJATO'

주위를 둘러보니 아이들이 참 예쁘긴 한데 뭔가 1%가 부족했다. 공부는 잘하는데 선생님들을 봐도 인사도 잘 안 하고 지나가고, 도통 건방지며 예의가 부족한 것이 뭔가 문제가 있어 보였다.

이 아이들을 어떻게 지도해야 좋을까 고민하던 차에 내가 진해여고에서 왔다는 것을 알아서인지 동아리에 들지 않았던 우리 반 아이들이 "선생님, 합창부 만들어 주세요." 했다.

진해여고에서 합창부로 인해 많은 고생을 했던 터라 다시는 만들지 말아야겠다는 결심으로 이 학교에 왔었는데…….

하지만 1% 부족한 아이들을 보니 다시 마음이 바뀌고 있었다.

합창을 통한 음악치료가 새롭게 시작된 것이다.

반마다 신청을 받고 보니 54명이나 되었다. 가장 적극적이었던 우리 반 아이들이 반장과 파트장을 맡았다.

해마다 열리는 '매초롬 축제'는 '젊고 건강하여 윤기가 돌고 아름다운 자태가 흐른다.'는 형용사 '매초롬하다'에서 가져온 말로 중앙여고 학생들을 상징했다.

아이들은 '매초롬 아가씨'를 상징하는 스페인어를 가져와 'SEJATO'라는 예쁜 이름을 지었다. 세아또의 1기 탄생은 그렇게 시작되었다.

단순히 클럽활동으로서가 아니라 점심시간을 이용한 정식 합창연습을 시작하게 된 것이다. 이때부터 아이들을 위한 음악 만들기 고민이 시작되었고 그것은 연주로 이어졌다. 성산아트홀대극장에서 펼쳐졌던 '도민일보청소년 합창제'에 응원을 왔던 중앙여고 아이들의 뜨거운 반응은 아직도 잊을 수 없다.

창단한 지 4년째.

42명이 입단하여 부모님의 반대로 3명이 나갔다. 또 합창부 전원이 모두 모여 연습하는 날들이 손을 꼽았다. 연습시간을 만들기가 그 어느 해보다 힘들어 1학기에는 단 한 번의 연주도 하지 못했다. 물론 여러 번의 초청연주 의뢰가 들어왔지만 실망하는 아이들을 보면서도 모두 거절했다.

더 이상의 비전이 보이지 않는 합창부에 대해 아이들은 서서히 흔들리기 시작했다. 탈퇴가 시작되었고 나 또한 가고자 하는 아이들을 막지 않았다.

소리의 발전은 좀처럼 나아지지 않았고 선곡에 대한 방황은 2학기에 들어와서까지 여전했다. 곡에 대한 확신은 서지 않은 채 불안함 속에 기나긴 방황들이 이어졌다.

가사와 소리의 연결에 대한 해결점, 정확한 음정 그리고 음악적인 처리들이 너무 어려워 마지막까지 절망감이 떠나지 않았던 시간이었다.

어느덧 부천전국경연대회 날짜가 코앞에 다가왔다. 적은 연습시간으로 부족한 부분들을 해결하지 못한 채 부천을 향하고 말았다.

부천 지부장님의 안내로 12시를 넘긴 시간이었지만 무사히 연수원에 입실하였다. 생각보다 굉장히 넓고 깨끗한 12인실인 연수원이 마음에 들었다. 우리를 위해 준비해 준 아침식사도 그렇고.

짐을 내리고 모두 한 방으로 모여들었다.

모두 내일을 준비하는 마음들을 한마디씩 쏟아내기 시작했다. 지금까지 무엇이 잘못되었는지를 깨닫는 시간이었다. 아이들은 서로 자신에 대한 잘못을 고백하며 눈물을 흘리기도 했다. 내가 방으로 돌아온 뒤에도 아이들의 마음을 풀어내는 시간은 늦은 시간까지 이어졌다.

아침이 되자 잠도 제대로 못 잤지만 모두 제 시간에 일어나 준비를 하고 있다. 아침 식사가 맛있고 훌륭했다.

하지만 지난밤에 방이 심하게 건조해서인지 아이들이 목이 아프다고 호소하기 시작했다. 심한 독감에 걸린 주현이를 비롯해서 복통을 일으킨 아이도 있었고 다시 위기가 닥쳐오고 있었다.

부천 시민회관으로 가는 길에 약국에 들러 반장 혜진이가 여러 가지 부족한 약들을 사왔다. 그런데 무엇보다 걱정인 것은 은경이를 비롯하여 목이 아파 소리가 안 나오는 아이들이 소프라노에 많았다는 것이었다. 그렇지 않아도 적은 인원의 소프라노인데…….

우리의 최대 약점이 고음의 안정적인 처리였기에 불안감은 더했다.

부천 시민회관에 도착해서 무대에 올라서려 하는데 합창단들이 속속 도착했다.

주어진 리허설 시간은 단 15분.

아이들과 소리를 내보려 하니 아예 소리가 안 나오거나 고음이 너무 거칠었다.

아이들도 불안한지 파트 연습을 하겠다고 복도로 나가버렸다. 절망감이 가슴 깊은 곳에서 올라오고 있었다.

운동장 같은 부천 시민회관 무대는 합창단원들의 사기를 여지없이 떨어뜨렸다. 넓은 무대에 미리 겁을 먹게 될 수밖에 없고 마음은 더욱 초조해질 수밖에 없었다.

한 팀 한 팀 오르는데 왜 그리 다들 잘하는지……. 선곡도 뛰어나고. 자신 없는 마음과 절망감은 나를 너무도 무력하게 만들었다.

'학교로 돌아가서 뭐라 말해야 할까!'

'선생님들, 죄송해요'

'여기가 나의 한계인가보다.'

하지만 한 시간 남짓 리허설을 보다 보니 생각이 바뀌기 시작했다.

'아니야, 해볼 만할 것도 같아. 아직 절망하긴 일러.'

벌떡 자리에서 일어나 아이들에게로 갔다.

마침내 오후 1시가 되면서 나영수, 홍정표, 오세종 심사위원이 소개되고 경연이 시작되었다. 나와 보니 심한 목감기로 전혀 소리를 못 내고 있던 소프라노 파트장 주현이가 멀리서 눈물을 흘리고 있었다. 내가 걱정할까봐 말도 못하고 있는 주현이.

곳곳에서 어려운 일들이 생겨나고 있지만 이상하게도 마음은 평안하기만 했다.

아이들도 그런가보다.

실내가 건조해서 목은 아프고 밖은 추워서 연습할 수 없는 최악의 상황 속에서 순서를 추첨하였다. 우리의 순서가 13번이 되면서 시간을 벌게 되자 다시 차근차근 고쳐야 할 점들을 설명했다.

모두 무엇이 문제인지 알고는 있지만 잘 고쳐지지가 않았다. 마지막 짧은 연습이 시작되었다. 소리의 해결을 위해 가사를 붙이는 연습에서부터 고쳐야 할 점들을 다시 차근차근 지적하자 가슴 깊이 하나하나 되새기며 머릿속에 담는 듯했다.

마침내 우리의 순서가 다가왔다. 마무리를 못한 채 연습을 중단하고 무대 대기실로 갔다. 아이들에게 어떤 일이 있어도 힘들겠지만 노래를 부르면서 전율이 흘러야 한다고 나직이 말했다. 마지막으로 워밍업과 손을 잡고 기도를 하게 했다.

갑자기 눈물을 뚝뚝 흘리며 아이들이 흐느끼며 울기 시작했다.

얼마나 간절한 순간인가! 이날을 위해 얼마나 힘든 시간들을 보냈던가!

울던 아이들이 마침내 입장을 하게 되자 환하게 얼굴이 바뀌면서 비장한 웃음꽃이 피어났다. 가슴에서 우러나는 미소가 참으로 예뻤다. 미소 속에서 긴장감이란 찾아볼 수가 없었고 평안이 흐르며 우리의 노래는 시작이 되었다.

경이로움을 가지고 '도라지 꽃'을 부르기 시작하자 전율이 흐르기 시작했다. '글로리아'의 가장 힘든 부분을 차분하게 해결하고 있는 순간 아이들에게 OK 사인을 보냈다.

흔들림 없이 너무나 의젓했던 아이들. 지금 이 순간 천재지변이 일어난다 해도 요동이 전혀 없을 것이다. 마침내 끝이 났다. 기적이 일어난 것이다.

공연을 마치고 나온 아이들이 울자 문 앞에 우리를 태우고 온 운전기사님이 잘했다고 용기를 북돋아 주셨다.

부천 음악협회 지부장님이 지나가시면서 "와! 창원" 하셨다.

뭔지는 알 수 없지만 못한 것 같진 않았다.

나오려는데 선생님들이 한마디씩 하셨다.

"김귀자 선생님의 색깔이 그대로 드러나는 연주였습니다."

"정말 잘했어요."

하지만 워낙 잘한 합창부들이 많았기에 그냥 떨리는 마음으로 기다렸다.

드디어 심사평이 시작되었다. 고쳐야 할 점들에 대해 하나하나 말씀해 주시는데 다행히 그 결격사유를 잘 비껴간 것 같아 긍정적인 예감이 들었다. 마침내 15팀 중 7팀의 수상이 시작되었다.

아이들은 한 팀 한 팀 불려나가니 완전히 떨어진 것이 아닌가 하고 가슴을 졸이며 모두 고개를 들지 못하고 있었다.

이제 상이 거의 남지 않았는데…… 가슴이 조마조마한 순간이었다.

"최우수, 창원 중앙여고"

아이들은 일제히 '와' 하고 함성을 질렀다.

감사하고 또 감사한 시간이었다.

시상식을 마치고 단체사진 하나 변변히 없던 차에 우리는 유진이와 예원이가 가져온 카메라로 무대에 올라가 단체사진을 찍었다.

이화여대 특별활동우수전형 수시모집에 지원했던 알토 파트장 성희가 마침내 이화여자대학교 법학대학에 합격했다는 연락이 왔다.

정년퇴임식을 위한 특별음악회

짧은 아침 시간을 이용해 교장, 교감선생님의 퇴임식을 위한 깜짝 이벤트를 벌이기로 했다.

음악실 양쪽 벽에는 아이들이 불어놓은 풍선 장식들이 곳곳에 붙어 있었다. 무대 정면에는 의자 두 개가 놓여 있고 아이들은 양쪽으로 줄 지어 서서 두 분을 기다렸다. 내가 두 분을 모시고 음악실 입구로 들어 서려는데 멀리서부터 합창부의 노래 소리가 들려왔다.

생각지도 않았던 초대에 교장, 교감선생님은 너무나 놀라셨는지 말씀을 잃고 계셨다. 무대 위로 자리를 안내하자 두 분을 위한 아이들의 환호와 박수가 이어졌다.

첫 순서로 피아노 반주와 함께 합창 반장의 편지 낭독이 있었다.

"중략~ 선생님이시기 이전에 아버지 같은 모습으로 저희를 따뜻하게 품어주셨던 선생님들을 저희들은 영원히 잊지 못할 것입니다."

코끝이 찡해지는 순간이었다. 다음으로 승희의 바이올린 독주 '카치니의 아베마리아' 가 연주되었고 이어서 합창부가 준비한 노래 선물이 시작되었다.

"어느 날 문득 우리 마음을 설레게 하는 선생님 온 거야.

늘 웃음 가득한 멋진 선생님 모습, 우리 맘속에 가득 차고

선생님 책상에 수줍게 쓴 우리 편지와 장미꽃 한 송이를 몰래 놓고

돌아선 그날을 잊을 수 없어 우리들의 정성스런 마음이기에

나의 선생님 너무 소중해 ……."

이어지는 곡.

"당신은 사랑받기 위해 태어난 사람,

당신의 삶속에서 그 사랑 받고 있지요. 중략"

이때 합창부원들의 메모가 담긴 엽서 묶음과 작은 선물이 두 분께 전달되었고 마지막 곡으로 '스승의 노래' 가 이어졌다.

"스승의 은혜는 하늘같아서~ "

구구절절 눈시울을 붉히게 하는 노래 가사에 엽서 묶음을 받으신 두 분!

'……'

그렇게 연주회는 짧게 끝이 났다.

변함없이 교사로서 60여 년을 몸담고 있었던 그 사실 하나만으로 이 시대의 스승이라 할 수 있다. 지금은 돌아가셨지만 제대하시고 혼자 옥상에 서 계셨던 아버지의 뒷모습이 떠오른다. 그때 처음 아버지의 눈물을 보았다. 한평생을 바쳐온 자신의 직업을 떠나시는 분들의 마음이 어떠실까! 이렇게 나이가 들어서야 그런 마음을 알게 되다니……. 나도 몰랐는데 어떻게 아이들이 그 마음을 알까! 하지만 어렴풋이 이해하는 아이들이 고맙기만 하다.

창원대암고등학교 합창단 'Miraculous Chorus'

마산, 창원, 진해 내일신문 (2007. 9. 16. 688호 9 교육란) 보도자료

'합창으로 즐거운 학교 생활을 하는 창원대암고등학교'

'창원시 대방동 62-1번지 대암산 자락에 위치, 좋은 기운과 더불어 즐거운 학생들이 행복하게 생활하는 창원대암고등학교장(교장 허철회), 1학년(12학급)과 2학년(9학급)이 전부인

두 살배기 학교, 합창단이 있어 더욱 자랑스러운 학교, 학교 앞에 수식어를 대려고 하니 아이들의 학교 자랑이 무성하기만 하다. 지난 9월 1일 성산아트홀 대극장 모 신문 주최 청소년 합창 페스티벌을 멋지게 장

식한 대암고 합창단을 만났다.

점심 종소리에 급식소보다 음악실로 먼저 모여드는 학생들, 합창의 묘미는 서로를 하나 되게 하는 데 있다며 이구동성으로 말하는 아이들로부터 합창을 향한 그들의 열정을 알 수 있었다. 올 4월에 단원을 모집. 오디션 없이 원하는 학생이면 누구라도 합창단원이 될 수 있었기 때문에 음치는 물론 시각 장애학생도 들어왔다. 그렇게 출발하여 지금의 수준에 이르기까지는 김귀자 선생님과 아이들 사이의 강한 신뢰가 원동력이 되었다.

김 선생님은 "합창은 치유의 효과를 가지고 있어요. 아이들이 자기의 내면을 끌어내고 바깥으로 표출할 줄 알게 하는 것, 아이들 각자가 행복하다고 느낄 수 있는 사람이 되는 것에 지도 목표를 두고 있어요." 하며 교육을 목적으로 합창을 지도하기에 특별히 구별하거나 틀을 짜서 가두는 것을 원하지 않으며 항상 아이들의 자율적 힘을 믿고 기다린다고 한다.

김 선생님의 따뜻한 마음과 교육적 열정이 아이들의 가슴에 씨앗을 심었고 아이들은 땅을 깊이 파고 그 씨앗을 가꾸었다. 비록 짧은 기간이지만 이번 페스티벌을 향한 꿈을 일구어 갈 수 있었던 힘의 원천이 바로 여기 있었던 것이다. 서로가 상대의 맘을 읽고 그 맘을 알아주고 서로를 위해 무엇을 할 수 있는지를 찾아서 실행했던 것. 그렇게 서로 간에 성숙한 인간애를 경험한 아이들은 합창이라는 이름으로 아름다운 사랑의 꽃을 피워 뜨거운 박수갈채를 받았다.

도전과 실천을 경험케 하고 싶었던 선생님의 소망을 아이들이 처음부터 알아준 것은 아니었다. 점심시간을 이용해 틈틈이 연습을 했기에 축구를 좋아하는 남학생들 마음 속 아쉬움도 달래야 했다. 음을 전혀 못 잡거나 특별히 분위기가 흐트러지는 날에는 다 집어치우자고 하기도 했다. 위기는 기회라고 하는 말처럼 그 순간 선생님의 깊은 뜻을 헤아린 아이들은 스스로 찾아와 "우리가 해보겠습니다." 할 때, 김귀자 선생님은 이제 되겠구나 싶었다고 한다. 이제까지는 선생님이 끌고만 왔다면 지금부터는 아이들 스스로 얼마든지 해나갈 수 있겠다는 안도감과 자신감이 새삼 솟아났다고 한다.

위기를 극복하며 목표를 이루고 희열을 함께 맛본 특별한 경험, 하면 된다는 것과 처음과 마지막 모두가 내 안에서 이루어질 수 있다는 것을 스스로 배운 아이들. 그 소중함을 간직한 아이들이 합창 자랑, 학교 자랑을 늘어놓는다. 합창단원 전원이 입을 모아 "스트레스를 날려버려요. 집중력을 길러줘요. 긍정적 시각을 갖게 해요. 선생님들이 좋게 보아주어요. 체력이 좋아져요. 표정이 밝아져요. 자신감이 생겨요. 용기가 생겨요. 마음이 따뜻해져요." 등등 끝없이 합창 예찬을 늘어놓으며 친구들에게도 합창단원이 되기를 권한다.

합창단장을 맡고 있는 양지훈(2학년) 학생은 "합창의 절묘함은 무대에 오르기 직전 대기할 때의 긴장감에 있는 것 같아요. 또 연습할 때에도 무대를 생각하면 힘든 것도 이겨낼 수 있었어요." 라며 그때의 감격을 말한다. 교장, 교감 선생님의 많은 사랑을 받고 있다며 우리 합창단을 통해 창원대암고등학교를 많이 알리고 싶다는 아이들. 교복이 예쁘다, 급식이 정말 좋다, 화장실이 많고 시설이 짱이다, 선생님들이 참 좋다, 공기도 좋다, 라며 학교 자랑에도 끝이 없다.

큰 무대를 향하며 진한 드라마의 주인공이 된 감격을 간직한 대암고 합창단 아이들. 그 좋은 기억을 더 많은 친구들과 공유되기 원하며 창원대암고등학교를 밝히는 등불이 되기를 바란다고 했다.' -윤영희 리포터-

Miraculous Chorus(기적의 합창단)는 바로 우리 창원대암고등학교의 합창단명이다.

3월말 클럽활동 조직을 통하여 탄생했던 대암고 합창단.

합창단 활동이 무엇인지 모르고 마지못해 갈 데가 없어서 들어온 아이들부터 음정불안, 고음 불가를 비롯해 참으로 다양한 아이들이 모였다. 남녀혼성이라 그런지 도무지 집중이 안 되고 아무리 부탁을 해도 장난치기에만 바쁘기만 한 아이들. 그야말로 천방지축이었다.

클럽활동시간만 겨우 볼 수 있는 아이들, 그런 아이들에게 점심시간 주 2회 모이도록 설득하기까지 두 달의 시간이 걸렸다.

짧은 20여 분의 점심시간.

모이기만 하면 삼삼오오 잡담하며 통제가 불가능이다. 나에게 집중하기보다는 시선이 끊임없이 흐트러지고 노래하기보다는 축구를 하러 가는 것이 더 좋아 가버리는 남학생들.

아직 중학생티를 채 벗지 못한 아이들이다. 간부들은 어떻게 아이들을 이끌어야 할지를 몰라 쩔쩔매고 피아노로 쳐줘도 간단한 노래의 음정을 잡는 것조차 아이들은 힘들어했다. 그런 아이들을 지도할 수 없는 나 자신의 무능함에 절규했던 기억들이 다시금 되살아난다.

너무나 부족한 소리로 인해 점심시간으로는 도저히 불가능해 6월부터는 저녁시간에도 모이자고 설득하기 시작했지만 역시 쉽지가 않았다. 그러는 가운데 7월엔 창원합창제 참여와 9월엔 도민일보 청소년합창제에 출연해야 하는 목표가 생기게 되었다. 그러자 점심시간과 저녁 시간을 이용하여 본격적으로 모여야 한다는 의식을 모두 갖게 되었다.

그러나 우선 아이들이 부르기를 원하는 곡을 선정하는 일이 급선무였다. 그 다음 그것을 편곡해야 하고 그러고는 그것에 대한 안무와 배치를 짜야 하는데 아무것도 모르는 아이들을 붙들고서 어디에서부터 시작해야 할지 그저 막막하기만 했다. 자존감이 약한 아이들에게 어떻게 자신감과 희망을 불어넣어 줄 수 있을까. 날마다 위기의 연속이었다.

1학기 기말고사가 끝나던 7월에 들어서면서 합창연습은 본격화되고 2학년 아이들을 주축으로 리더십을 발휘하기 시작했다.

짧은 점심시간을 이용해서 노래연습을 하기에 아예 발성연습은 생략했다. 마침내 합창 경험이 있는 소수의 단원들의 열정에 불이 붙기 시작했다. 첫 연주였던 창원합창제를 성공적으로 치러내면서 자존감을 갖게 된 아이들.

공연장에 함께 해주었던 대암고 1학년 학생들이 그 뒤에 있었다. 무엇보다 단원들이 자신감을 회복하게 된 것이 기쁘기만 했다.

도민일보 청소년합창제를 준비하기 위해 여름방학을 맞이하여 아이들이 원하는 ‘풍선’을 편곡하고 다시 안무를 짜기 원하는 아이들을 모집하여 연습에 들어갔지만 별 진척이 없었다. 그렇지만 혼신의 힘을 다해서 두 번째 공연인 ‘도민일보 청소년합창제’를 성공적으로 치러냈다. 그날 성산아트홀 대극장에는 우리학교 1학년이 거의 다 왔다고 해도 과언이 아니었다.

그들의 격려 덕분에 아이들이 힘을 얻은 것 같았다.

하지만 경연대회에 가지고 나간 곡 '제리코의 싸움'은 아이들 소리에 너무 무리한 곡이었던지라 좋은 연주를 하지 못했다. 내가 너무 좋아한다고 해서 이제 갓 시작한 아이들에게 그런 곡을 시킨 내 잘못이 컸다.

그러나 정말 그 곡에 아이들은 정성을 다했고 경남교육청 주최 도 학예발표대회에서 합창경연의 경험은 아이들에게 전율을 느끼게 되는 진정한 합창을 맛보게 하는 계기가 되었다.

그런데 그런 기쁨을 채 만끽하기도 전에 탈퇴를 원하는 아이들이 생겨났다. 단 2회의 공연과 한 번의 경연대회를 끝내고서 말이다. 자신만을 생각하였지, 주위를 배려하거나 책임감에 대해서는 전혀 느끼지 못하는 아이들이었다. 그러나 나가려고 마음먹은 아이들에게 모두 나가도 좋다고 하였다.

결국 10여 명의 아이들이 합창단을 나가게 되고 들어오기를 원하는 아이들에게 다시 기회를 주어 새로 선발을 하였다. 그러면서 연습은 더욱 어려워져만 갔고 합창단은 나날이 어려움을 거듭하고 있었다. 남자 단원이 줄어들면서 화음의 밸런스도 깨어지기 시작했다. 마지막 순간에 또 다시 2명의 남학생이 탈퇴를 하였다. 이러다 내년엔 여자합창부로 가야하는 건 아닐지!

이제 마지막 진주에서의 공연을 남겨두고 있다. 2학년은 이제야 정말 마지막을 실감했는지 안타까움으로 연습에 열심히 참여할 것을 1학년들에게 호소했다.

그러는 중에 합창단명을 공모하기로 하였고 회의 끝에 많은 이름들이 나왔지만 결국 한 표 차이로 '기적의 합창단(Miraculous Chorus)'

이 통과되었다.

아이들은 이 이름을 무척이나 사랑하고 아끼며 즐겨 불렀다.

연주마다 눈물을 흘리면서 기적을 기도하지 않고는 해낼 수 없었던 불가능했던 상황을 아이들도 잘 알고 있었던 것이다.

짧다면 짧고 길다면 길었던 지난 몇 달간의 상황들은 정말 기적이 일어나지 않는다면 해낼 수 없었던 위기의 순간들이었다.

"얘들아, 남학생들 다 어디로 갔니?"

"I love soccer." 한대요.

폭우가 쏟아져도 물에 젖은 생쥐가 되어 점심을 잊은 채 축구에 빠져있는 아이들. 그 열정이 아름답다.

그러나 처음부터 변함없이 든든히 버텨주던 아이들이 있지 않은가!

결석 한 번 안하고 유혹의 축구에도 넘어가지 않고 변함없이 남아주는 반가운 얼굴들 때문에 오늘도 웃을 수 있었다.

창문 밖으로 스며드는 햇살이 아이들을 비추고 있다.

마지막 공연을 앞두고 있는 2학년들도 마음이 간절했는지 1학년들을 데리고 본격적으로 파트 연습을 시켰다. 아이들이 변하고 있었다. 더욱 놀라운 것은 시각장애가 있는 혜란이가 조금만 피곤해도 연습에 참여하지 않았었는데 이번 연주에 참여하기 위해서 아무리 피곤해도 연습에 빠지지 않고 참여한 것이었다. 혜란이는 그동안 웃는 모습을 보기 힘들었는데 합창을 하면서 많이 밝아졌다.

연주하면서 웃는 자신의 모습이 얼마나 예쁜지 혜란이는 알까!

진주 공연에서의 마지막 공연은 참으로 편하고도 감사한 시간이었다. 첫 등장부터 많은 박수와 환호를 보내준 관중들 덕분에 아이들이 힘을 많이 얻었다. 부끄럼이 많았던 아이들이 이젠 고개를 들고 미소를 지으며 관객들을 바라볼 수 있게 되었다. 영화 그리스 주제가 'summer night'을 부를 때 열광하던 관객들은 퇴장할 때도 "들어가지 마세요." 하며 아쉬워했다.

아이들에게 멋진 추억이 되었을 것이다. 이제 1,2학년이 함께하는 시간이 이번 주가 마지막이었다. 아이들은 간부를 선발할 준비를 하고 마지막 송별식을 준비했다. 이제 떠나보내고 남겨지는 연습을 해야만 한다. 이토록 아름다운 추억을 만들기 위해서 그렇게 힘들었나 보다.

떠나가는 2학년들의 눈빛이 촉촉하게 젖어 있었다. 눈빛으로 대화를 나누게 된 아이들. 그동안 참 많이 성장했다.

내게도 우리 합창단은 기적의 합창단이다.

진해용원고등학교 합창단

행복한 장려상

신설인 진해 용원고등학교로 발령을 받으면서 또 다시 합창단을 창
단하였다. 어느새 난 합창 전도사가 되어버렸다. 합창단을 창단한 지

두 달이 넘었다.

합창부원 이제 겨우 27명.

하지만 교사라는 존재를 별로 신뢰하지 않던 아이들이었기에 내 말이 잘 먹히질 않았다. 신뢰가 없으면 합창지도도 불가능하다.

이 난관을 뚫고 나가기 위해서 크게 네 가지 대책을 세웠다.

첫째, 점심시간을 온전히 합창부를 위해 사용하기 위해 도시락을 싸온다.

둘째, 합창 지도 수당을 받지 않는다.

셋째, 생일을 맞은 아이에게 작은 선물을 마련하고 축하해 준다.

넷째, 점심시간에 음악실에 오는 것을 습관이 되도록 지도한다.

3월부터 지난 1년간 점심시간에 식당엘 가지 못했다. 점심시간 동안 20여 분도 제대로 못 만나는 합창부원들을 기다리느라 날마다 빵으로 대신 끼니를 때웠다. 학교에서는 고생한다고 합창 지도 수당에 대한 말씀을 하셨지만 아이들이 진심으로 나를 따르게 하려면 나 역시 순수한 헌신을 해야겠기에 거절했다.

아이들은 스스로 연습하기보다는 만나기만 하면 장난치다 다투는 일도 허다했고 오후에는 제대로 얼굴조차 보기가 힘이 들었다.

아이들 수준에 무리하지 않은 곡으로 정했지만 아무래도 남학생들이 독보력이나 성실한 면들이 여학생들에 비해 부족해 한 명 한 명을 붙들고 집중해서 지도하지 않으면 도무지 진도가 나가지 않았다.

창단한 지 4개월 밖에 되지 않았지만 아이들의 발전과 자긍심을 위해 경상남도 종합학예발표대회에 출전하기로 했다.

다른 학교에 비해 적은 인원에 적은 연습으로 많이 부족하지만 끊임없이 자긍심을 북돋아 주었다. 경연 전날 음악실에서 점심시간에 선생님들 몇 분을 초청하여 리허설 시간을 가졌다. 곡은 가곡 '수선화'와 이스라엘 민요 '하바나 길라' 였다.

강대하 교장선생님과 조용인 교감선생님도 오셨는데 합창부를 창단한 후 처음으로 연주를 보게 되신 것이었다. 아이들의 진지한 모습과 정성스런 연주에 감동하셨는지 합창 반장에게 격려금까지 건네시며 칭찬과 격려를 아끼지 않으셨다. 너무나 감사했다.

다음 날, 경연대회장에 도착하니 출전한 합창단 대부분이 경남에서 최고의 기량을 보이고 있는 합창단들이었다. 마침내 우리 순서가 되어 아이들은 최선을 다해 연주를 했다. 하지만 결과는 '장려상' 이었다.

워낙 1등에만 관심을 가지는 문화가 되다 보니 대부분의 합창단이 장려상을 받게 되면 한동안 깊은 좌절감에 빠지게 된다. 경연대회란 그런 것이다.

아이들과 나도 위축된 느낌으로 학교에 돌아왔다. 그런데 학교에서의 반응은 달랐다. 마치 최우수나 된 양 너도나도 장려상을 축하하는 것이다. 장려상을 받고서 이렇게 축하 받아본 적은 내 생애 처음이었다.

게다가 교장선생님께서는 합창부원들을 도서실로 불러 다과회를 곁들인 시상식까지 열어주시는 것이 아닌가!

내게는 우리 학교 현실에서 합창단을 만들어 우수한 팀들과 겨루는 경연대회에 도전한 그 자체를 높이 평가했다. 가슴이 뭉클했다. 정말 멋진 교장선생님이셨다.

어느새 음악실에서는 내가 없어도 진지하게 파트연습이 시작되고 있었다. 인사를 하는 태도나 예절도 훨씬 좋아졌고 집중력도 높아졌다. 경연대회 이후 학교에서 합창단의 위상이 높아져서인지 결여되어 있던 아이들의 자신감도 많이 회복되었다.

무엇보다 초창기에 보여준 남녀 학생들의 다툼과 갈라짐이 완전히 없어지고 이젠 합창부라는 이유만으로 서로를 챙기는 아이들로 바뀌었다. 정말 놀라운 변화였다.

12월 말 축제에서 마지막 공연을 마쳤지만 합창부원들은 여전히 바빴다. 추억을 만들기 위해 그동안 연습했던 곡들을 녹음하는 작업과 3학년 선배들을 위한 졸업과 관련된 노래를 녹음하는 일이 남아있었기 때문이다.

마침내 모든 작업들을 마치고 녹음 자료들을 편집하여 내 블로그 '김귀자의 음악살롱'에 올려놓았다.

새로운 간부들도 뽑았고 신입단원 모집에 대한 기대로 합창부는 더욱 활기차졌다.

이런 합창부원들에게 미국 뉴욕주립대 교환교수로 가게 된 남편을 따라 1년간 동반휴직을 내게 되었다는 사실을 말하기가 너무나 힘들었다.

2011년 2월 11일.

진해 용원고등학교 졸업식이 있었다. 하지만 이날이 합창부원들과 만나는 마지막 날이었다. 강당에서 졸업식을 준비하는 방송반을 도와주다 잠시 음악실에 들렀는데 인기척이 느껴지는 것이 뭔가 좀 이상했다. 불을 켜자 합창부 아이들이 모두 앉아서 박수를 쳤다.

유나가 반주를 시작하자 아이들이 '선생님 사랑해요'를 불렀다. 이어서 준비한 영상도 보여주었다. 오늘이 합창부와 마지막 날이라는 것을 알고서 이틀간 음악실, 화장실, 시청각실, 계단을 돌면서 영상편지를 준비한 것 같다.

말도 많고 탈도 많았던 우리, 서로 다른 우리가

하나 됨을 보며 많은 걸 깨달았어요.

그래서 저희가 선생님께 감사하는 의미로

조그마한 선물을 준비했어요.

선생님께서 기뻐해 주셨으면 좋겠어요! ^.^

선생님 일 년 동안 정말 애쓰셨어요.

미국 가셔서도 항상 건강하시고 행복하세요.

저희들이 항상 응원할게요. 저희들 잊으시면 안돼요.

선생님 안 계신 일 년 동안 열심히 하겠습니다.

선생님과 함께여서 기뻤어요.

새로운 1년 새 마음 새 뜻으로!

열심히 하겠습니다. 파이팅!

지금은 멀리 가 계시지만 마.음.만.은 그 곳에 가 있을 거예요!

김. 귀. 자. 선생님, 몸 건강히~ 안녕히 다녀오세요!

선생님 잘 보셨나요? 울고 계신 건 아닌지……. ㅋ_ㅋ

(다 함께 시청각실에서 머리 위로 ♥를 그리며) 선생님 사랑해요!
(박수를 친다)

지금까지 저희를 위해 주신 김귀자 선생님께 이 동영상을 바칩니다.

(교문 앞에서 소리치며) 오겡끼 데스까! 선생님, 잘 지내세요. 우리 잊지 마세요.

블로그에 올려놓은 영상은 이렇게 끝이 났다.

그 밑에 이렇게 댓글을 달았다.

"애들아, 미안하고…… 고맙고…… 사랑한다. 오늘 보여준 너희들의 모습은 마음속에 모두 다 담아 놓았어. 안 잊을게. 그동안 잘 따라주어서 정말 고마웠어. 너희들이 아름답게 변해가는 것 같아서 얼마나 가슴 뭉클한지 모르겠구나. 선생님과의 인연이 행복했길 바란다. 새 학년에 올라가면 좀 더 모든 일에 적극적이길 바라고 3학년들은 원하는 학교에 모두 진학하길 바란다. 오늘 문자주고 전화해 준 친구들 정말 고맙다. 새로 오시는 선생님한테도 그렇게 감동적인 합창부가 되어 줄 거지? 이젠 모두 무척 철든 것 같구나. 대견하네. 그동안 선생님이 많이 웃는 모습 못 보여줘서 미안하구나. 모두 잘 지내라. 안~뇽~. ^.- (윙크)"

창원합창인상을 받고

'합창인의 밤'에서 교사합창단 선생님들이 지켜보는 가운데 상패를 받게 되었다.

"위 사람은 2007년 한 해 동안 헌신적인 노력과 연구하는 자세로 창원 합창 발전을 위하여 수고하며 타의 귀감이 되었기에 창원합창인들의 뜻을 모아 이 패에 새겨 드립니다. 2007년 12월 8일 창원합창연합회"

상을 받고 보니 많은 생각에 잠기게 된다. 상을 받아도 그냥 다른 사람의 일처럼 아무런 느낌이 없다. 그러고 보면 난 오랜 세월동안 아픔을 많이 가지고 살아왔던 것 같다. 언제부터 내가 점심시간에 아이들을 지도하기 시작한 걸까! 그건 아마도 내가 부임하던 날 결석했던 아이가 자살을 했다는 소식을 신문을 통해 알고 난 후 같다. 인생에서 가장 황금기인 청소년기를 상처로 끝내는 일이 없도록 도울 수 있는 선생님이 되고 싶었던 것이다.

하지만 뭔가 열심히 하기만 하면 이런 말들이 들려왔다.

'원맨쇼 하지 마라.', '해서는 안 될 일을 하고 있다', '아이들을 착취하고 있다', '무슨 대가가 있기에 합창을 지도하느냐', '우리 반 아

이를 합창단에서 빼 달라'

그렇게 20여 년의 세월이 흘렀다.

그중 대부분의 시간이 공감 받지 못하는 시간이었고 상처의 시간이었다. 그러나 내가 진정 원하는 일은 음악을 통한 메시지로 아픈 마음을 치료하고 사랑이 넘쳐날 수 있도록 돕는 것이었다.

그러던 중 교사합창단 지휘를 권유받게 되었고 창원교사합창단 선생님들을 만나게 되었다. 선생님들에게서 내가 겪어왔던 아픔들이 느껴졌다. 선생님들이 합창을 통해 행복해질 수 있도록 하는 것이 이젠 내 최대의 바람이 되었다. 선생님이 행복해지면 아이들도 저절로 행복해지기 때문이다.

최근에 들어오신 신입단원 선생님이 카페에 글을 올리셨다.

"요즘 저에게 합창단은 사랑을 느끼며 사랑을 가르쳐 주는 곳이에요. 이곳에 오면 따스한 샘들의 정과 맘을 녹여주는 아름다운 선율이 그동안 상처받고 닫힌 제 맘을 조금씩 열어준답니다. 그래서 감사하고 또 감사해요. 앞으로 우리 합창단이 저나 샘들에게 아픈 맘 치유해주는 고마운 곳으로, 또 대외적으로도 무궁한 발전이 있길 기도합니다."

창원교사합창단

창단 한 달만의 아름다운 공연

4월 봄맞이 축제를 맞이하여 창원시립합창단에서는 3월 29일 '추억의 팝송과 베스트가요 톱10' 이라는 주제로 정기연주회를 열었다. 조명과 음향, 타악기가 설치된 화려한 연주에 걸맞게 관객에게도 야광 봉을 나눠주어 축제분위기를 한껏 드높였다.

이런 대형무대에 창단식을 마친 지 한 달밖에 안 되는 창원교사합창
단이 찬조출연을 제의받았다.

무리한 일정 속에서 진행된 3월.

마침내 공연 일정이 눈앞에 다가왔다.

가장 업무가 많은 3월이었던지라 어려운 일들이 여기저기서 일어
났다.

학교 업무와 자녀를 돌보기에도 부족한 시간에 연습에 참여해야 하
는 선생님들. 교통사고까지 겹쳐서 시간이 흐를수록 아픈 선생님들이
늘어나고 있다. 공연 전까지 연습시간 전원 출석은 거의 불가능했다.
게다가 아직 가사를 채 외우지 못한 선생님들.

연주곡은 '사랑하면 할수록' 이었다.

자신 있는 소리와 가슴속에서 우러나오는 표정을 이끌어내기 위해
애를 써보았지만 감동을 전혀 느낄 수가 없었다. 피가 마르는 순간들이
었다. 늦은 시간까지 연습을 하고 있지만 발전이 없는 연습에 힘이 빠
지기 시작했다. 선생님들을 너무 피곤하게 하는 것 같아 마음도 아팠
다. 결국 눈을 감고 한참을 지휘했다.

곡이 끝나고 눈을 뜨자, 선생님들 몇 분이 눈가를 훔치고 계셨다.
아! 선생님들은 이미 내 생각을 읽고 계셨던 것이다.

그날 밤, 합창단 카페에는 파이팅을 외치는 아름다운 격려의 글들이
쏟아지기 시작했다.

단장님과 부단장님이 다녀가시고 마지막으로 드레스 리허설이 시작
되었다. 이미 한 시간 전에 도착하신 선생님들은 안무연습 총 정리를

하고 계셨다. 이젠 누구랄 것도 없이 스스로 움직이시는 모습들……. 선생님들의 모습이 눈부시게 아름다웠다. 관객들이 선생님들의 모습에 압도되지 않을까, 그런 생각이 들었다.

D-day

무대 뒤에서 화장을 하고 옷을 입으면서 사진을 찍고 계시는 선생님들의 모습이 무척 행복해 보였다.

무대를 확인하고 있는데 한 통의 전화가 걸려왔다. 남자 선생님 한 분이 허리를 심하게 다쳐 입원하셨다는 비보였다. 지금까지 함께 연습했었는데 출연하지 못하게 되니 가슴이 너무 아팠다. 어려운 일들이 일어났지만 서로에게 안마를 해주며 파이팅을 외쳤다.

선생님들은 시립합창단의 마지막 곡에 맞추어 댄스를 하며 몸을 풀기 시작했다. 마침내 우리의 출연 순서가 되자 무대 밖으로 나갔다.

연주가 시작되었다.

첫 번째 곡은 영화 클래식 OST '사랑하면 할수록' 이었다.

조명이 들어오자 사선으로 몸을 틀어 빈 공간을 응시하는 합창단 사이로 바람소리가 들려왔다. 멀리서 청아한 글로켄슈필의 소리가 들려오자 피아노의 반주가 이어지면서 서서히 합창단의 시선은 무대 중앙으로 향하고 조명이 환하게 밝아졌다.

찬란하게 반짝이는 보랏빛 드레스를 입고 마치 가사의 주인공이 된 것처럼 노래하는 선생님들을 보니 전율이 흘렀다.

너무도 아름답게 첫 곡을 마쳤다.

두 번째 곡은 '탱고 메들리'.

왈츠 분위기의 전주 시작과 함께 영화 '여인의 향기'에서 나왔던 탱고가 흐르기 시작하자 남자 댄서가 신비롭게 무대로 나왔다. 이어서 화려한 의상의 여자 댄서가 입장했다. 탱고 경연대회를 준비하는 큰 키의 매력적인 전문 댄서들이라 그런지 무대를 압도하고 있었다. 선생님들의 '탱고 메들리'를 듣고 온 몸에 소름이 돋는다면서 한번 해보고 싶다고 출연을 결심했던 두 댄서가 고맙기만 했다.

이 곡을 편곡할 때부터 수없이 고치고 다듬으며 고생했었는데 고생한 만큼 효과를 발휘한 것이 기뻤다.

관중으로부터 갈채가 이어지며 다음 곡 준비에 들어갔다.

세 번째 곡은 가요 '장미' 였다.

이 곡은 벌써 세 번째 연주를 하고 있지만 할 때마다 버전을 바꾸어서 여전히 그런지 많은 사람들에게 좋은 반응을 얻고 있다. 단원 30명 중에서 남자 단원이 5명밖에 되지 않지만 남자 선생님들의 역할에 커다란 비중을 두었다. 전 단원이 흥겨운 댄스를 하다가 마지막 장면에서 남자 선생님의 장미꽃 이벤트는 관중들로부터 큰 호응을 얻어냈다.

아쉽게도 마지막 곡인 네 번째 곡 '캘리포니아드리밍'이 시작되었다.

일당 백 역할을 맡은 남자 선생님들이 색소폰, 드럼, 기타와 노래 솔로까지 드디어 실력을 보일 차례가 왔다. 시작을 알리는 드럼의 스틱 소리와 함께 신디사이저가 신나는 전주를 시작했다.

드레스가 무대에서 빛을 발하자 화사하고 아름다운 표정 속에서 선생님들은 다양한 안무를 선보였다. 화려한 솔로의 신나는 연주가 이어지자 관중들은 박수를 쳤고 핀 조명이 들어오면서 멋들어진 색소폰의 간주가 이어지자 열광하기 시작했다. 마지막 피날레를 화려하게 장식한 열정적인 무대는 대성공을 거두었다.

관중들의 환호 속에 퇴장했던 그날의 기억들이 마치 환상처럼 느껴진다.

가족과 친구 동료교사에게서 스타가 되신 선생님들. 선생님들 내면에 감추어진 소질을 모두 끄집어 낼 수 있다면 더욱 행복해질 수 있을 것이다.

연주를 마치고 밖으로 나오니 세찬 비가 퍼붓기 시작했다. 창단식 때도 그렇게 폭우가 쏟아지더니만……. 비는 이제 우리에게 축복의 비다.

더욱 하나가 되고 서로를 사랑하게 된 우리, 함께 있어서 행복하고 위로가 되고 있다.

그로부터 창원교사합창단은 다채로운 무대와 미니 뮤지컬을 접목시켜 메시지와 감동이 있는 정기연주회를 선보여 관객의 공감을 크게 이끌어냈다.

이제 창원교사합창단은 4회 정기연주회를 준비하고 있다.

그동안 학교 합창단과 교사합창단을 지휘해오면서 모두가 주인공이 되는 행복한 무대를 이끌어가고 싶었다. 그래서 옷을 짓듯이 내가 맡은 합창단원의 색깔에 가장 어울리는 노래들을 편곡하기 시작하였다.

때로는 밝고 우아하게, 때로는 애국심을 불러일으킬 수 있도록, 때로는 가슴속의 아픔을 기쁨과 희망으로 끌어낼 수 있는 곡들을 말이다. 합창단원의 행복지수를 높이는 것이 곧 내가 합창을 지도하는 목적이 되었다.

그렇게 만들어진 합창곡들이 어느새 네 권이 되었다.

『청소년을 위한 아름다운 합창』, 『학교 가는 길』, 앵콜 합창 편곡집 『행복한 합창 나라』 그리고 『합창 플래너』와 수필집 『왜 합창을 지도하세요?』까지.

이렇게 합창은 내게 음악을 만들게 하고, 고민하게 하며, 글을 쓰게 한다. 지금도 나의 관심은 '치료가 될 수 있는 합창, 행복지수를 높이는 합창, 소질을 계발하는 합창, 감동을 이끌어 내는 합창' 에 쏠려있다. 그렇게 음악으로 누군가를 도울 수 있는 것이 하나님이 내게 주신 달란트인가 보다.

cresc.
mf
f p
Harmony

효과적인 합창지도의 KNOW-HOW

높은음자리로
그리는
행복한 세상

효과적인 합창지도에 대한 고민

진해여고 합창부를 위해서는 우아하고 아름다운 마리자 강변의 추억, 별의 노래를 편곡했다면 창원 중앙여고 합창부를 위해서는 재기 발랄한 여학생의 느낌이 나는 '그리움, 약속, 여고시절, 헤이 미키, 선생님 사랑해요, 낙랑18세, 난 사랑을 아직 몰라, 독도는 우리 땅, 등을 편곡했다.

곡에 맞는 무대 배치와 안무 또한 나의 큰 과제였다. 그래서 끊임없는 고민이 시작되었다. 소리의 조화를 생각하며 각 파트를 섞어서 서는 방법은 어떻게 하는 것일까! 이런 고민은 다른 선생님들도 마찬가지였는지 '합창지도의 노하우'에 대한 강의 요청이 들어왔다. 그래서 나름대로 간략하게 정리를 해보았다.

다음은 강의 자료를 정리한 내용이다.

하나, Warm-up

1. 체조

얼굴을 마주보며 체조 음악에 맞추어 몸을 푼다. 연주를 하거나 연습을 하기 전에 몸을 풀어주는 체조로 워밍업을 한다. 그냥 체조를 하는 것도 좋지만 음악에 맞추어 하면 기분도 상쾌하고 리듬감도 더 생겨 바람직하다.

가. 일어서서 두 손을 깍지 끼고 준비를 한다. (1-2마디)

나. 깍지 낀 팔을 천천히 중간으로 올린다. (3마디)

다. 몸을 똑바로 펴서 천천히 손이 귀 옆으로 닿게 위로 올린다. (4마디)

라. 팔이 당겨짐을 느끼며 왼쪽 (5마디), 가운데 중심 (6마디), 오른쪽 (7마디),　가운데 중심 (8마디), 앞으로 굽히기 (9마디), 위로 가운데 중심 (10마디), 뒤로 넘기기 (11마디), 가운데 중심 (12마디), 팔 돌리기 전(13마디), 후(14마디)를 한다.

마. 어깨를 풀고 목 돌리기를 15-18마디(앞, 뒤, 돌리기-반복) 동안 실시한 후 몸을 오른쪽으로 돌려서 마지막 박에서 멈춘다.

바. 다시 음악이 시작되면 19-22마디까지 상대방 어깨를 주물러 서로 안마해주기를 하여 온 몸에 긴장을 완전히 풀어준 후 반대로 돌아서 23-26마디까지 반복해서 주물러 준다.

사. 마지막 27마디는 파트별로 바른 자세를 취하며 마지막 박은 함께 박수를 친다.

2. Unison을 통한 훈련

릴랙스 연습 – 입술 떨기, 혀 풀기

3. Chant를 이용한 모음연습

Gregorian Chant : 라틴어 가사를 무반주로 남성이 부르는 단선 선율로서 선법으로 되어 있다. 이 곡들은 종교적 감정의 가장 완벽한 표현이다.

4. 음정연습

5. 리듬연습

둘, 공연 프로그램 및 합창단 대형 짜기

1. 공연 프로그램

두 시간을 넘어가는 공연은 관중을 급속도로 피곤하게 만들기 때문에 가급적 1시간 40분을 넘지 않도록 짜는 것이 좋다. 재미와 감동을 줄 수 있는 창의적 프로그램으로 구성하기 위해서는 구체적으로 계획을 짜고 예상 시간과 악기 그리고 소품을 적어 넣는다면 시간 관리뿐 아니라 연주회의 효과를 보다 체계적으로 관리할 수 있을 것이다.

마치 한 시간도 안 본 것 같은 공연이 된다면 그만큼 관객이 즐겁게 감상했다는 뜻이 된다.

합창 중간에 관객과 함께하는 입체합창을 시도해 보는 것도 색다른 맛이 넘칠 것이다. 그런 의미에서 지휘자는 많은 고민을 해야 한다. 때때로 조명과 무용, 안무, 이야기 만들기까지 세밀한 관심을 가지지 않으면 안 된다.

지휘자의 지나친 엄격함은 자칫 창의력과 감동적인 연주의 흐름을 막고 기계적인 연주로 끝나기가 십상이다. 그러므로 지휘자는 단원들의 특성을 최대한 끌어내어 합창단의 색깔을 최상의 상태로 이끌어내야 한다. 그런 의미에서 단원과의 믿음은 필수적인 요소라 할 수 있다.

제 회 정기연주회					
일시 및 장소					
예상 총 시간					
1장 곡명	시간	솔로 중창	악기	춤 이벤트	배치
	분 초				
	분 초				
	분 초				
2장 곡명	시간	솔로 중창	악기	춤 이벤트	배치
	분 초				
	분 초				
	분 초				
찬조 출연	분 초				
3장 곡명	시간	솔로 중창	악기	춤 이벤트	배치
	분 초				
	분 초				
	분 초				
찬조 출연	분 초				
4장 곡명	시간	솔로 중창	악기	춤 이벤트	배치
	분 초				
	분 초				
	분 초				
계					

2. 아름다운 합창 배치도 짜기

우선 경연대회를 위한 일반 배치도는 다음과 같지만 배치를 할 때 소리의 조화를 생각하며 배치하는 것이 바람직하다. 음정이 비교적 안정이 되지만 소리가 작아서 고민하는 합창단이라면 각 파트를 섞어서 서는 것도 한 방법이 될 수가 있다. 또한 지나치게 소리가 큰 단원들은 서로 떨어지게 배치시켜 소리가 부딪히지 않도록 하는 것이 바람직하다. 미리 표를 만들어 머릿속에서 체계적으로 단원들을 배치해본 후 적용시킨다면 좀 더 시간을 절약하고 효과 있는 배치를 할 수 있을 것이다.

연주회의 특성과 곡의 성질에 따라서 다양한 배치에 대한 연구는 앞으로도 계속 필요하다. 창의적인 아이디어로 각 합창단의 특성을 표현해 보는 것은 무엇보다 중요하다. 또한 무용과 합창, 또 자연의 소리와 합창, 미술과 합창, 많은 소품들을 함께 준비하고 입장할 때도 좀 더 새로운 아이디어를 모색해 보자.

3. 다양한 무대 배치도

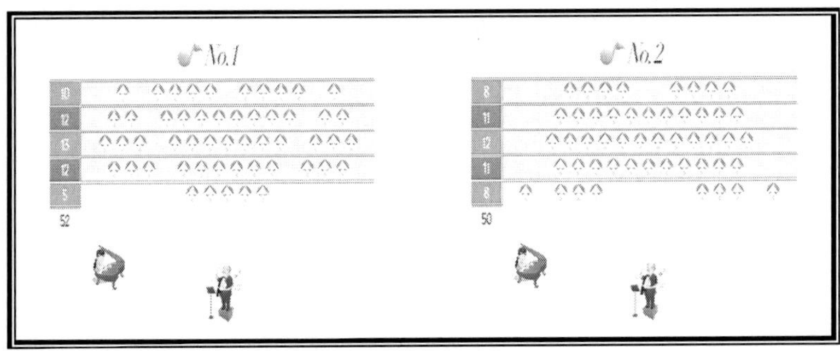

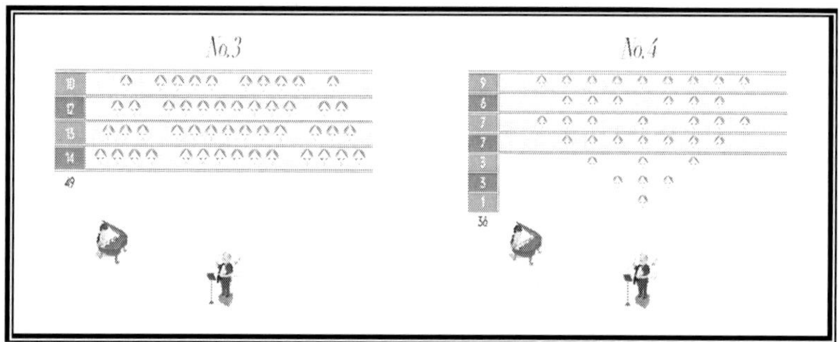

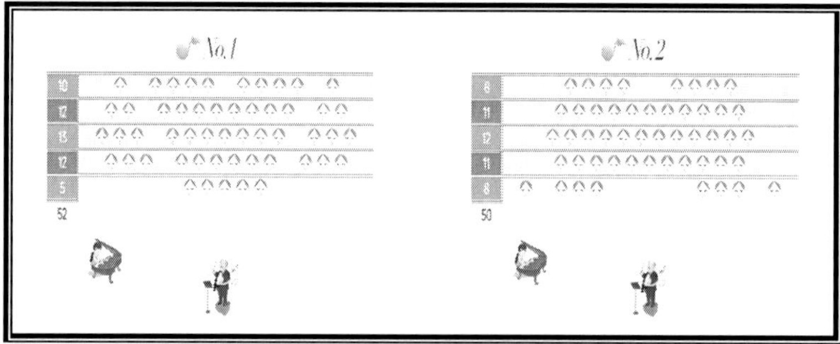

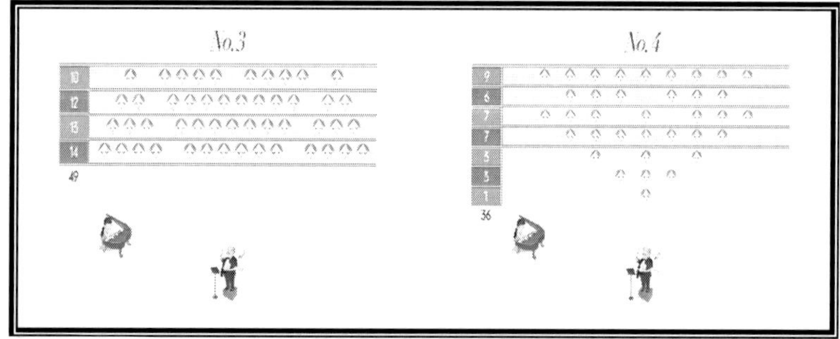

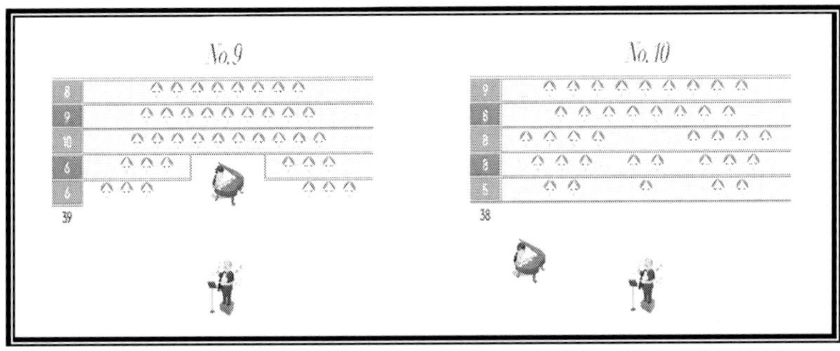
No.9
No.10

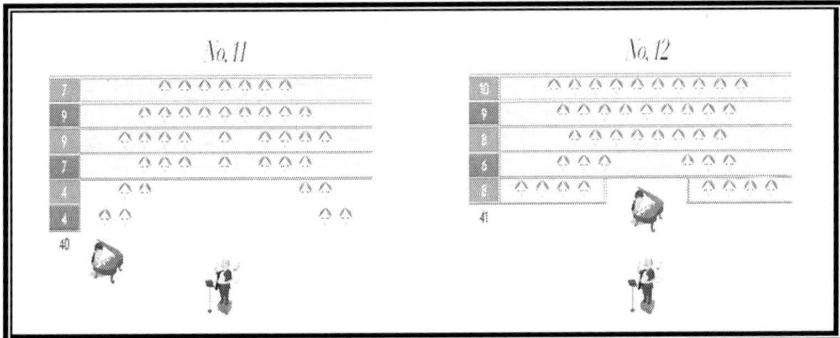
No.11
No.12

셋, 무대매너 및 연주

무대에서는 자세와 각도, 입장과 퇴장 그리고 안무 중 배치가 바뀔 때까지 자연스러움과 우아함이 동시에 요구된다. 그러므로 자연스런 연기가 필요하다. 손을 내리거나 올릴 때 연출이 바뀌어 들어가거나 나올 때 역시 겉으로 크게 표가 나진 않지만 박자에 맞는 우아한 동작이 동시에 이루어져야 한다.

1. 무대 입장하기

가. 무대에서 대기할 때 어깨를 주물러주며 긴장을 이완시키고 서로를 격려하면서 앞의 팀이 연주하는 곡을 함께 즐기도록 하는 것이 좋다.

나. 무대에 알맞게 한쪽이나 양쪽 혹은 여러 위치에서 입장할 수 있으며 시간적 여유가 있는 연주회이면 입장곡을 넣어도 좋다.

나. 입. 퇴장 시 인사는 자신의 합창단의 특성에 맞추어 자연스럽게 한다.

2. 합창대형 (Formation)

가. 무대의 성질(넓이, 울림 등)을 잘 파악해서 배치를 짜는 것이 좋다.

나. 파트별로 배치를 하며 곡의 분위기에 알맞게 배치를 한다.

나. 단원들이 음정에 대한 자신감이 있을 때 인원과 홀의 울림을 고려하여 파트 별로 배치하지 않고 섞어 서도록 하며 소리의 밸런스를 유지하도록 한다.

3. 무대에서 움직이기

가. 짧은 교복치마를 입은 여학생의 경우는 얼짱 각도로 서기, 다리를 ㅅ자로 붙이기 – 연습이 잘 되어 있으면 어떤 자세로도 노래할 수 있다.

나. 움직일 때는 박자와 각도를 맞추어 동시에 움직이도록 한다.

다. 곡마다 어울리는 배치로 바꾸거나 소품을 이용하는 이벤트를 연출하는 것이 좋으나 자연스러워야 하며 소품이 미리 보이지 않도록 하는 것이 연주에 대한 신비감과 즐거움을 가져다준다.

4. 풍부한 표정 만들기

가. 미소를 지을 때 자신의 가장 아름다운 표정을 거울을 보고 연구해 온다.

나. 곡의 주인공이 되어 연주하며 스토리를 상상하며 부른다.

다. 관객에게 자신의 이야기를 노래로 호소한다.

5. 음악 만들기

가. messa di voce (cresc. decresc 표현) 연습 – mi, me, ma, mo, mu

나. 긴 음가는 messa di voce를 살려서 노래하며 소리가 끊어지지 않도록 하고, 음을 길게 내는 연습을 Stagger Breathing으로 처리한다. (Stagger Breathing – 번갈아 가며 숨을 쉬는 방법을 말하며 p로 처리 후 숨을 쉬고 살짝 들어간다.)

6. 감동 있는 연주하기(상상하며 연주하기)

가. 노래이야기를 만들고 상상하기

'고양이 이중창'을 연주할 때는 합창부원들의 이야기를 한번 만들어 보자. 처음 입단할 때는 호기심이 가득하여 열심히 연습에 참여하게 되지만 머지않아 지루해하면서 빠지거나 친구들과도 종종 다투게 된다. 합창단이라면 모두 이런 과정을 겪게 되는데 그럴 때 아이들과 함께 곡을 연주하면서 합창단 이야기를 만들어 가면 좋다. 친구들과의 다툼을 악보에 있는 그대로 하지 말고 아이들의 언어로 고양이 흉내를 표현할 수 있도록 끌어내는 것이 중요하다.

연주는 제2의 창조이다. 그러므로 단원들의 창의성을 잘 포착하여 자유롭게 즐길 수 있도록 끌어내야 하며 그것이 감동적인 합창을 하는 데 필수적인 조건이다.

나. 연주를 맞이하는 마음자세

연주를 앞두고는 메시지가 있는 합창을 위한 정신교육이 필요하다. 서로 갈라지는 아이들을 보면서 가슴을 졸일 때나 연주에 대해 결정을 하고서도 나태해지는 아이들에게 책임 있는 연주에 대한 정신교육을 해야 한다. 지금까지 가르쳐왔던 모든 것을 노래 속에 실어주길, 노래마다의 메시지를 가슴으로 표현해주길.

마지막으로 가장 중요한 것은 기도로 하나가 되는 것이다. 눈물을 흘리며 사랑으로 하나가 된 아이들이 서로를 감싸주며 웃는 미소는 천사의 미소라 해도 과언이 아닐 것이다. 이렇게 해서 하나가 되었을 때만이 진정으로 감동적인 연주를 이끌어낼 수 있게 된다.